L'ÉCORCHÉ VIF
est le deux cent cinquante-sixième livre
publié par Les éditions JCL inc.

D0951243

Données de catalogage avant publication (Canada)

Dumas, Germain
  L'écorché vif
  ISBN 2-89431-256-3
  I. Titre.
PS8557.U395E26 2001   C843'.54   C2001-940922-2
PS9557.U395E26 2001
PQ3919.2.D85E26 2001

© **Les éditions JCL inc., 2001**
Édition originale: septembre 2001

L'Écorché vif

Du même auteur :

Dans le miroir d'un lac, Chicoutimi, JCL, 1997, 273 pages.

© **Les éditions JCL inc., 2001**
930, rue Jacques-Cartier Est, CHICOUTIMI (Québec) G7H 7K9
Tél.: (418) 696-0536 – Téléc.: (418) 696-3132 – www.jcl.qc.ca
ISBN 2-89431-256-3

Germain Dumas

L'Écorché vif

LES ÉDITIONS JCL

Nous reconnaissons l'aide financière du gouvernement du Canada par l'entremise du Programme d'aide au développement de l'industrie de l'édition (PADIÉ) pour nos activités d'édition. Nous bénéficions également du soutien de la SODEC et, enfin, nous tenons à remercier le Conseil des Arts du Canada pour l'aide accordée à notre programme de publication.

Gouvernement du Québec – Programme de crédit d'impôt pour l'édition de livres – Gestion SODEC

Pour Nathalie et Éric,
mes porte-bonheur.

REMERCIEMENTS

— au capitaine Coîteux, pour sa disponibilité à répondre à mes questions et à me permettre la lecture du journal de guerre du Régiment de Maisonneuve lors de son entraînement en Angleterre et durant la campagne de Normandie de juillet à septembre 1944.

— à André J. Séguin, chef consultant, qui fut, au musée de guerre Vimy, un guide efficace et compétent pour m'expliquer le matériel militaire allié et allemand de la Seconde Guerre mondiale.

— à André Rioux, tireur d'élite de la guerre de Corée du Régiment Mont-Royal.

— à Serge Gauthier, président de la Société historique de Charlevoix, pour son hospitalité et la pertinence de ses réponses sur le passé de Charlevoix.

— à mes amis, spécialistes de la littérature française, critiques et correcteurs :

— Patrice Bordeleau

— Robert Gagnon

— Réjean Robidoux

Merci de leur apport indispensable à l'élaboration du roman.

— à Monique, pour sa patience et son dévouement à poursuivre sur ordinateur, le roman, vingt fois remis sur le métier.

PREMIÈRE PARTIE

Chapitre 1

Tu m'attends, appuyé sur le cadre de la porte, dans ta veste marron. Un vent frisquet agite les feuilles jaunissantes du lilas près de la galerie. De l'auto, je sors deux valises que je glisse dans le vestibule.

— Tu arrives enfin, mon garçon!

Le vieil homme constate mon retard, rien de plus. J'ai appris à reconnaître ses reproches à certaines aspérités qu'il imprime aux mots. Ses lèvres les laissent alors tomber comme des cailloux à travers des silences qui nous confondent. Enfants, nous savions déjà l'inutilité des excuses.

Ta main sur mon épaule comme une parole tendre que tu n'oserais exprimer. Sous tes épais sourcils, tes yeux battent à quelques reprises, s'embuent. Je me tourne vers la rue qui dévale sa pente vers la rivière, pour cacher ma surprise devant une vulnérabilité oubliée, dont tu as honte, sans doute.

— Un peu fatigué!

Je prononce cette phrase pour me donner bonne contenance, tout en songeant que tu m'as attendu, inquiet de ce long voyage vers toi. En m'assoyant sur le banc du piano, j'effleure au hasard quelques notes qui éveillent, sous mes doigts distraits, une mélodie que jouait maman.

— Excuse-moi, papa, je suis désolé!

Enfoui dans le vieux fauteuil dont tu refuses de te départir, tu soulèves les épaules. Tes mains, tremblantes, reposent sur tes genoux. Tu suis, sur les carreaux de la porte qui donne sur la salle à dîner, les dessins mauves et roses d'un lambeau de soleil. Comme il a vieilli en l'espace de quatre mois! Je suis bouleversé qu'un temps si court ait tassé ton corps et affaissé tes épaules. Un léger embonpoint souligne les joues couperosées et les rides du cou. Je découvre chez toi des signes de négligence que tu ne te serais jamais permis autrefois. Ton pantalon tombe sur des pantoufles défraîchies. Des cheveux trop longs cachent en vain ton front dégarni que coupe une ancienne blessure.

Une atmosphère d'abandon flotte dans la vaste pièce. Et cette odeur de mégots refroidis! Des taches maculent le superbe tapis de Perse du boudoir. Dans un coin s'empilent des toiles. Je me souviens du soin maniaque dont tu entourais ta collection de peintres canadiens et québécois que tu avais réunie amoureusement depuis l'achat de la maison. Maman, au goût très sûr, participait au choix de chacune des pièces.

— Mais, papa! me suis-je écrié, en exhibant un Bellefleur dont les couleurs s'enivrent de soleil et d'eau. Et ces autres! Tu n'as pas le droit!

Je suis scandalisé devant l'empilage de toutes ces toiles réunies au-delà des malentendus qui avaient accablé votre vie. Ma peine est profonde, non pas surtout de ce laisser-aller, mais de ce qu'il révèle : une profanation de moments uniques si peu fréquents de vos retrouvailles éphémères à l'occasion de l'achat de ces œuvres.

— Maman ne l'aurait pas permis, tu le sais bien!

Tu me regardes, le visage défait, m'accompagnant dans le sentiment de malaise qui m'anime. Pour la première fois depuis longtemps, nous communions dans une même tristesse. De la ressentir tous les deux fait lever en nous, me semble-t-il, un peu de soleil.

Tu retournes vers le salon où tu t'immobilises, comme perdu, écrasé. Sur la table à dîner, des fleurs séchées voisinent avec un plat de fruits tavelés. Tu t'arrêtes, dans la montée d'escalier, devant un Marc-Aurèle Fortin.

— La première toile que j'ai offerte à ta mère, pour la naissance de ton frère, Vincent.

Tu poses ta main sur mon bras. Toi, si discret d'habitude, tu me parles des couleurs d'automne de la toile, de l'or terni des feuilles qui ombragent la maison.

— Regarde l'harmonie des verts, des volets et le coin de ciel.

Tu t'interromps, gêné d'une émotion que tu n'as pu contrôler. Comment toi l'homme inaccessible, si dur en affaires, dit-on, peux-tu vibrer ainsi devant une peinture? Pourrai-je remonter avec toi le temps avant que se soit tarie ta tendresse? Retrouver la source originelle où s'est abreuvé ce vieil homme acariâtre, toi, mon père? Ta main, encore belle malgré les veines qui saillent, tient la rampe de chêne.

La brunante envahit ma chambre d'autrefois, au bout du corridor. En face, celle de Vincent; le mur de gauche y garde un poster des Beatles, souvenir lointain de sa passion pour le groupe britannique. Je porte les deux valises dans mes mains, étonné de revivre une scène

13

d'hier, celle de l'enfant qui retrouvait, avec les vacances, sa chambre étroite où il pourrait dormir sans les bruits familiers du dortoir du séminaire. Une galerie de photos, quelques-unes jaunies dans leurs cadres, racontent le temps. Les deux dernières : Vincent avec ses enfants, et moi avec Louise, ma femme, et notre fille, Coralie.

*

Je m'approche de toi qui fixes tout au loin la montagne qu'on appelle encore, sans qu'on sache pourquoi, le Cran à Jacob. Le soleil couchant trace à travers les nuages des coulées de miel. Nous nous rappelons tous les deux que maman aimait ces instants de fin du jour quand le soleil tardait à basculer derrière le massif sombre des épinettes. « Encore un petit peu », nous disait-elle, quand nous la surprenions dans l'obscurité vaporeuse. Assise dans la berceuse, elle écoutait tomber la nuit. Le va-et-vient de la chaise lui faisait oublier la fatigue dans ses jambes et ses reins.

— Et son cœur fatigué! murmures-tu, en t'assoyant sur le lit.

C'est de cette fenêtre, un chapelet à la main, qu'elle suivait, dans l'angoisse, nos courses folles à travers les billots dans des verchères que nous faisions valser. Et nos plongeons risqués dans la petite anse parmi des garçons peu recommandables!

Je m'assois près de toi. L'horloge grand-père, au bas de l'escalier, sonne huit heures. Un éclairage subtil illumine les photos accrochées au mur et projette des ombres et des reflets étranges. Les personnages, tout à l'heure figés dans un temps révolu, revivent soudain. Mais l'illusion se dissipe aussitôt sous l'ironie que tu ne peux réprimer.

— Pas mal, hein, mon éclairage, dis-tu de ce rire retenu qui nous agaçait tant, hier encore. Je viens quelquefois m'asseoir ici alors que tout l'étage reste fermé, depuis...

La phrase demeure suspendue. Entre nous, le silence se pose comme un oiseau blessé. La plainte d'une colombe, le klaxon d'une voiture brisent l'air saturé de nuit. Tu poursuis après un long silence, d'un ton désinvolte où je perçois une blessure.

— As-tu remarqué? Je n'apparais sur aucune photo.
— Mais tu n'étais jamais avec nous!

Cette phrase cruelle jaillit malgré moi d'une source empoisonnée trop longtemps retenue. Comme un cri irrépressible. Je retrouve dans chacune des photos les événements qui ont marqué notre vie. L'objectif avait fixé à jamais nos vêtements, nos coupes de cheveux qui retraçaient chaque étape de notre passé. Nous n'échappions pas au temps qui inscrivait son passage sur notre taille et sur les traits de nos visages. Les lieux que nous habitions éclataient sur le mur en couleurs radieuses : la balançoire à l'arrière de la maison perdue dans la verdure, la mer de nos vacances, les terrains de baseball ou les patinoires, l'église de notre première communion, la laideur des marches d'escalier du séminaire, le bal de la fin de nos études collégiales rayonnent sous l'éclairage savant.

Je me lève pour pointer une image où poudroie la lumière. Catherine, toute petite, assise sur la glacière, a tourné son visage vers maman. Nous, les garçons, avons revêtu nos maillots de bain. L'aînée, près de l'allée, tient dans ses mains un énorme plat. La pellicule avait fixé notre attente joyeuse. Mais elle trichait. Oui, elle trichait, oublieuse de la sonnerie impatiente qui supprimait notre pique-nique au lac Kénogami.

15

— Papa ne pourra venir. Un client le retient à son bureau. Pauvre lui!

— Maman! a rugi Vincent, ne dis plus rien. Tu sais comme nous qu'il joue aux cartes au lac McDonald et qu'il reviendra dans la nuit.

Elle s'est tue, humiliée. Au delà de la honte d'avoir écorché la vérité pour couvrir son mari, elle percevait, dans les sanglots étouffés de son fils adolescent, le désespoir sans fond de se sentir délaissé et opprimé.

Comment oublier les humiliations sans cesse renouvelées lors de la réception mensuelle de son bulletin dont tu t'amusais, au souper, à souligner les faiblesses, oubliant la nette supériorité des notes en sciences sur ses confrères? Au bout de la table, tu t'instituais juge de chacun de nous, négligeant les notes passables de Lorraine, « Elle travaille, elle, au moins! » toi qui ne savais rien de nos études et de notre travail scolaire. « Félicitations, Catherine. Bel effort dont Vincent devrait être jaloux! » Tu opposais mes notes à celles de mon frère dans un souci évident de l'offenser. Et, suprême humiliation, la rencontre trimestrielle, au Collège, avec son titulaire. Tu obligeais Vincent à t'accompagner. Malgré les mises en garde du professeur contre ton interprétation, tu t'entêtais à rabaisser ton aîné, comme si tu y prenais plaisir. D'où puisais-tu ton acharnement si ce n'est dans la poursuite inconsciente de toi-même dans ce fils qui te ressemblait et qui seul savait te tenir tête? Alors que tu gardais son bulletin dans les mains et que ton ironie cherchait à le blesser, ne t'avait-il pas qualifié de Grand Inquisiteur, référence subtile aux *Frères Karamazov*, ton livre de chevet? Ta colère avait fondu au rappel de maman que le gigot refroidissait.

Durant deux ans, jusqu'à l'arrivée d'une jeune fille qui deviendra un jour sa femme, Vincent avait roulé de tripot en tripot. Combien de fois l'avais-je traîné dans sa chambre, ivre mort? Combien de fois avais-je lavé ses vomissures, apporté à ses professeurs des billets pour cause de maladie?

— Je falsifiais ton écriture pour t'éviter des problèmes. Deux ans, papa, sans que tu te sois aperçu de rien!
— Mais que racontes-tu? lance-t-il, déboussolé.

L'angoisse suinte dans le silence qui suit. Je me crois obligé de poursuivre sans égard au hoquet qui a terminé ta phrase. Je te demande de fermer les yeux, puis de les rouvrir pour retrouver sur chaque instantané volé à l'oubli, notre sourire immuable, celui d'une femme et d'enfants heureux. Mais ma mémoire n'oublie pas. Elle renoue avec le passé, crève les sourires, débusque le mensonge pour laisser épanouir en fleurs de sang nos pleurs et nos colères d'enfants. Non, nous n'étions pas heureux. Nous jouions à le devenir, déçus chaque fois par l'absence d'un père parti en voyage, enfermé dans son bureau à préparer un contrat, une partie de cartes, un projet de pêche.

L'ennui mortel de nos repas du soir à entendre la sonnerie ininterrompue du téléphone qui scandait nos silences! Nos mines rébarbatives à t'examiner au bout de la table, cravaté, sanglé dans une veste et un veston impeccables, jouant avec le diamant à ton doigt. Tu prolongeais une conversation que ponctuait ton rire, ta voix comme arrêtant pour écouter l'interlocuteur invisible. Tu fronçais les sourcils aux demandes répétées de maman : « Les enfants ont faim! » Le besoin d'approbation te donnait le sentiment d'exister, d'être accepté, apprécié des autres. La bonne, en retrait, attendait avant de servir. Depuis des années, elle participait, désolée, au rituel des fameux soupers chez monsieur l'administrateur, mot curieux pour elle et qui désignait quelqu'un qui faisait des sous! Sa surprise sans cesse renouvelée des encombrants appels et du silence imposé autour de la table.

— Moi, je m'en vais! a crié Catherine, l'adolescente rebelle, un soir d'attente intolérable. Je vais manger chez Rachel, puis je ferai mes devoirs chez elle.

Sans égard à tes gestes furibonds, elle est sortie de table et s'est dirigée vers la porte.

— Reviens ici! as-tu répliqué de ta voix des mauvais jours.

Tu t'es levé en rejetant ta chaise, tu as empoigné un bras, fait tourner ta fille sur elle-même comme une toupie, avant de la gifler à toute volée. Elle s'est relevée, t'a regardé sans ciller, puis a monté l'escalier. La porte de sa chambre a vibré sous la force de sa main.

— Mangez, les enfants! a commandé maman, en quittant la table.

Elle est revenue plus tard. Dans son regard lisse, rien ne paraissait de son trouble ou de sa colère. Son silence, redoutable, elle s'en servait pour te condamner. Elle a aidé au service et apporté le dessert. Nous avions peu mangé. Pour la première fois, tu avais levé la main sur l'un de tes enfants. « Pourquoi? » nous demandions-nous, sidérés. Tu étais au bout de la table, papa, livide, à fixer ton assiette que tu n'avais pas touchée. Ton œil gauche clignotait, léger tic qui réapparaissait chez toi lors d'émotions trop fortes. Nous te savions tellement malheureux, emmuré dans une impossibilité chronique de t'exprimer, nous qui voulions t'aider à croire que nous t'aimions. Chacun de tes enfants t'aurait conduit vers Catherine, qui était, elle aussi, désespérée de t'avoir provoqué. Nous t'avons vu tirer la montre de ta veste et sans un mot quitter la maison, te rejetant sur une plage aride et désolée, celle d'une culpabilité qu'inconsciemment tu chérissais peut-être. Moi, ton fils, je te ressemblais par cette propension à me faire souffrir sans motif véritable et découvrais en moi-même le reflet de ce qui te rongeait. Il faudra bien, durant ce long voyage vers toi, que nous retrouvions la source où s'abreuvent ton angoisse et l'impossibilité de ton abandon à la vie.

La lune, à travers les nuages, éclaire de brusques rafales la galerie de photos désormais inutiles pour raviver notre passé. La mémoire nous rejette vers cette fameuse nuit où, seul dans la maison illuminée, j'attendais la silhouette familière et le pas rapide. J'avais téléphoné aux amis de Catherine, à ses professeurs, aux tantes de Chicoutimi et même à ma tante Marie-Ange de La Baie. Tous se surprenaient de sa fugue, qu'on cherchait vainement à expliquer, elle si douce et entourée de si bons parents! Les voisins et les amis alertés par maman poursuivaient avec nous une vaine recherche pour retrouver la disparue. De la galerie, du balcon ou de la cuisine d'été, je suivais le ballet fantasmagorique des lampes qui fouillaient les berges de la rivière, le champ près de la maison, la rue Fontaine.

Enfin! Je t'ai vu descendre la rue et courir vers la maison. Toute cette activité insolite te révélait ce que tu savais déjà. Tu es arrivé sur moi, incapable d'une parole. Tu ne pouvais cacher la stupeur et l'angoisse de sa disparition ni la culpabilité d'un geste brutal que ta fuite vers l'hôtel Lapointe n'avait pas aidé à effacer.

— Où est ta mère? m'as-tu demandé.

J'ai couru avec toi dans la crainte de votre rencontre

et des reproches qui t'accableraient, sans doute. Elle est venue vers nous, a touché ton bras.

— Ne désespère pas. Ces fouilles près de la rivière sont inutiles. Ce n'est pas une gifle qui mènera notre fille au suicide. Elle couve sa colère et son chagrin pour nous revenir bientôt.

Nulle remontrance. Rien qui pût souligner les trois heures de ton absence à jouer au bridge avec tes amis. Ces paroles ont paru te soulager. Mais poursuivre tes propres recherches allait te permettre de combler une inaction qui autrement t'aurait brisé. Au volant de ta voiture, tu t'es mis en chasse du moindre indice qui calmerait les battements inquiets de ton cœur et rendrait moins vifs les griefs que tu t'adressais. Tu n'étais pas seul, puisque j'avais voulu t'accompagner.

Nous avons roulé lentement dans la nuit. Je te dirigeais vers les lieux de rencontres des jeunes. Pas âme qui vive dans la cour de récréation du Couvent des filles ou de l'Académie des garçons. Au Collège classique, le café étudiant était fermé. Seule la lumière du corridor brillait. Tu as garé ta voiture noire dans une rue transversale. J'ai marché ensuite dans la rue principale, scrutant les terrasses dépeuplées, les pizzerias à l'odeur grasse, accostant l'une ou l'autre vague connaissance : « Vous n'auriez pas vu ma sœur? » On haussait les épaules, narquois, vaguement étonné d'une telle question. Je me sentais ridicule. Dans les restaurants, j'ai vite repéré les mêmes personnages d'amoureux transis, d'habitués éméchés, assis sur leur tabouret. La barmaid leur répondait, légèrement ennuyée. Les serveuses préparaient déjà les tables pour le déjeuner. Je suis revenu vers l'auto, retrouvant ton regard de plus en plus défait.

Nous sommes entrés à la gare d'autobus. Aucune trace, aucun indice, nous a-t-on répondu. Un policier nous a fait signe. La fugue avait été transmise à chaque patrouilleur : « Il ne faut pas s'inquiéter. Un mauvais moment à passer. » L'agent toisait l'homme d'affaires dont il avait si souvent entendu parler. Je ressentais ta honte, papa. Peut-être l'avais-tu déjà acceptée par besoin de rachat! Et si c'était le prix à payer pour retrouver ta fille? Suis-je près d'une vérité qui t'aura accompagné toute ta vie?

Tu as repris le volant, somnambule, comme si tu n'y croyais plus. Les phares balayaient des rues que je ne connaissais pas. Il me semblait que le temps flottait, tout semblait plus léger. D'un immeuble, trois femmes sont sorties, le ménage des bureaux sans doute terminé. Une voiture nous a doublés avec sa musique rock'n'roll qui éclaboussait.

J'aurais aimé parler avec toi. À quelques reprises, tu t'es tourné vers moi dans le vain espoir que notre conversation couvre la banalité de la musique de la radio. Nous ne trouvions rien à nous dire, recroquevillés dans un monde inaccessible à l'autre. Et pourtant, jamais n'aurai-je été aussi près de la vérité de ton être que durant ces heures où la souffrance brisait enfin tes défenses.

La nuit s'est dissipée peu à peu sur les façades des maisons qui laissaient paraître leur couleur, et les arbres le flou de leurs feuilles. L'aube a glissé dans l'échancrure laiteuse des nuages. La vie a battu de nouveau dans notre petite ville. Des camions, des voitures de plus en plus nombreuses nous ont croisés. Les camelots glissaient les journaux aux portes des maisons.

Tu as garé la voiture dans l'entrée et laissé tes mains sur le volant.

— Viens, papa, ça ne donne rien. Je sais qu'elle soupera avec nous, ce soir.

— Tu crois? m'as-tu répondu, incrédule.

J'avais lancé cette phrase pour ne pas perdre espoir après cette nuit désolante. Mais une certitude avait soudain jailli que je la trouverais bientôt. Comment ne pas y avoir pensé? Je partirai tout à l'heure, seul, pour ne pas donner de faux espoirs.

Nous sommes entrés. Des bruits de pas, une odeur de pain grillé, des sacs d'école près de la porte. Aux matins fébriles de cris d'impatience pour occuper la salle de toilette, de retards, de déjeuners vite engloutis, avait succédé une atmosphère d'un vague malaise, de questions informulées. Et Catherine? Que dire que chacun d'entre nous ne sût déjà, notre quête, à tous, infructueuse. Que de douceur dans les paroles, de frictions évitées, comme si notre petit monde avait basculé dans celui de l'absente alors que chacun écoutait dans les plis du silence son rire espiègle, ses va-et-vient vers le miroir de la salle à dîner, son départ précipité pour aller rejoindre une amie qui l'attendait sur le trottoir. Tu étais là, papa, debout près de la table, n'osant regarder maman qui t'offrait du café. Comment l'homme connu dans la région et même au-delà se retrouvait-il si démuni devant les siens? Toi, dont la parole pouvait entraîner une assemblée d'actionnaires ou faire trembler tes détracteurs, pourquoi ne pouvais-tu exprimer ton chagrin d'une bêtise que nous voulions te pardonner? Cet embarras devant tes enfants qui auraient aimé te consoler. Combien de fois avions-nous été confondus par ta gêne devant nous comme une barrière qui t'empêchait de t'abandonner, de lâcher ton fou, de rire sans retenue?

L'anxiété avait creusé des cernes autour de tes yeux. Tu es allé dans le fauteuil du salon. Peu à peu le sommeil t'a submergé. Ton visage avait retrouvé une sérénité inconnue de nous, un abandon émouvant. « Comme ce serait simple s'il vivait moins tendu », a murmuré Lorraine. Elle a marché dans la rue, serviette à la main, elle qui finirait dans quelques mois ses études d'infirmière. Oui, comme ce serait simple de vivre avec ton vrai visage! Mais le pouvais-tu toi-même?

La nuit qui s'achevait avait aiguisé en moi une fébrilité singulière, celle d'une certitude inquiète de retrouver Catherine. Resté seul à la maison avec maman, je constatais à la lenteur de ses gestes, à son regard brillant, qu'elle n'avait pas dormi. Elle s'est assise à la table, les mains couvrant son visage, infiniment lasse, puis m'a regardé de ses yeux bouffis, surprise que je ne sois pas encore parti pour le collège. Elle est sortie sur la galerie quand je m'apprêtais à descendre en bicyclette vers la rivière : « Où vas-tu? » m'a-t-elle demandé. J'ai pointé l'index du côté du ruisseau des Chasseurs. Elle a croisé les mains, ses yeux ont souri. Près du pont, je me suis tourné vers elle, immobile dans sa robe bleue. Elle devait prier.

J'ai pédalé vers le rang Saint-Jean-Baptiste, un chaud soleil de printemps sur les épaules. La ville s'est éloignée. Des champs en jachère ont envahi l'espace avec, de loin en loin, des talles de bouleaux et d'épinettes. Le vent tiède bousculait le ciel bleu, tacheté de nuages. Un vol d'étourneaux s'étaient abattus sur les champs labourés à perte de vue, découpés au loin par la masse sombre de la forêt. J'ai laissé l'asphalte pour tourner à droite et gagner le rang Saint-Benoît. De chaque côté du chemin de gravier, qui montait en pente légère, coulait l'eau des fossés. Un tracteur dans les labours tirait une herse.

En face de la croix du chemin, se dressait une grande maison blanche. Un homme, tête ébouriffée, vêtu d'une chemise de laine rouge, est sorti de l'étable. Il m'a fait signe de la main. Je me suis dirigé vers ton ami d'enfance, papa.

— Hein! Ma petite Catherine, une fugueuse? Vous

l'avez cherchée toute la nuit? demandait la grosse voix, étonnée de me voir chez lui à neuf heures trente du matin. Pis, tu penses que...?

— Monsieur Gilbert, elle est ici!

Il m'a suivi à la grange, surpris de ma certitude. J'ai monté l'échelle sur le mur qui conduisait au fenil, encore rempli de foin : « Catherine! » ai-je appelé à mi-voix. Dans la pénombre que striaient des interstices de lumière, aucun bruit : « Je sais que tu es là, viens! » Le froissement du foin a précédé une forme indistincte qui s'est détachée de l'ombre. Je me suis assis près d'elle. Elle a posé sa tête sur mon épaule et s'est mise à pleurer de honte et de regret de s'être enfuie. J'écoutais ma petite sœur de treize ans qui, à travers ses sanglots, me racontait sa fuite échevelée. Elle avait marché longtemps avant d'atteindre la maison de son amie Rachel. Mais elle n'avait pas osé entrer, trop gênée d'avouer sa bêtise. Le chien avait aboyé avant de la reconnaître alors qu'elle se faufilait dans la grange, guidée par un réflecteur près de l'étable. Elle reconnaissait les lieux. Chaque été, avec Rachel, ne jouait-elle pas à y tasser le foin? Elle avait cru mourir de peur, la nuit, à entendre la course des souris. Non, elle n'avait pas eu froid, grâce à la couverture de grosse laine trouvée dans la carriole. À travers la porte entrouverte de la grange, elle avait vu, pour la première fois, se lever l'aube et accourir le soleil dans la nappe orangée des nuages. Elle en avait presque oublié son mal, disait-elle en riant doucement. Le raclement des sabots sur le plancher de la grange, le crissement des chaînes et le meuglement des vaches avaient ravivé sa peine. Elle avait failli descendre vers monsieur Gilbert dont elle avait reconnu la voix de basse mêlée à celle plus aiguë de son fils aîné. Trop intimidée, elle s'était recroquevillée, désespérée de ne plus jamais pouvoir retourner à la maison. J'ai enlevé des brindilles de foin dans ses cheveux. Les Gilbert, discrets, avaient reflué vers la maison.

— Je dois sentir un peu la grange, pis l'étable?
— Oui, un peu, ai-je dit.

La vie battait de nouveau avec l'envie folle de crier, de rire, d'enlacer ma petite sœur et de danser avec elle!

— Viens vite, madame Gilbert doit t'avoir préparé tout un déjeuner!
— Et papa?
— Appelle-le. Il va venir te chercher sur les chapeaux de roue de sa grosse Buick! Il regrette son geste, mais il ne s'excusera pas.

Catherine n'avait plus retrouvé sa gaieté insouciante, comme si elle avait vieilli prématurément. Cette spontanéité envers toi qui faisait en secret ton bonheur avait disparu. Elle attendait un geste de tendresse que tu n'as jamais fait, pour oublier une appréhension à ton sujet qu'elle partageait maintenant avec nous.

Les mois qui suivirent, tu t'en souviens, furent les plus lumineux de notre vie familiale, comme un été des Indiens dans la grisaille d'un long automne. Nous nous sommes habitués à parler et à rire autour de la table, discrètement au tout début, dans une gaucherie que percevaient les rares amis qui pouvaient souper maintenant avec nous. Tu parlais peu, mais t'intéressais aux discussions que soulevait Vincent, notre philosophe, aux auteurs que nous lisions, Gide et Camus en particulier, que tu connaissais, à notre grande surprise. Pourquoi te refermais-tu sitôt le repas achevé, dans une solitude qui nous excluait de nouveau?

Tu marchais sur le chemin de la rivière que tu remontais le plus loin possible. Tu avais besoin d'exercice, disais-tu, mais nous savions que tes pas t'éloignaient de l'hôtel Lapointe et de ta passion des cartes. Nous t'en savions gré. De retour à la maison, tu t'assoyais dans ton fauteuil, un journal financier dans les mains.

Pour mieux étudier, Vincent avait envahi le boudoir, plus frais que sa chambre. Était-ce pour t'amuser ou par nostalgie de tes lointaines années de collégien que tu prenais sur son bureau un livre de philosophie ou de physique, certains soirs? Tu les lisais avec une attention soutenue, « en hochant la tête ou en souriant », avait remarqué Vincent. N'avais-tu pas pressenti son secret désir de partager avec toi les connaissances retrouvées? Qu'est-ce qui t'empêchait de poursuivre avec lui sa difficile quête de vérité plutôt que de quitter le boudoir? Était-ce une étrange timidité ou l'impuissance d'aller vers l'autre? Je n'ai jamais cru à ton indifférence ou à ta sécheresse de cœur, dont certains ont osé t'accuser.

Dans sa robe de chambre pêche, maman apportait à son aîné un verre de lait et des galettes préparées durant la journée. Selon le désir de Vincent, elle l'accompagnait dans la nuit silencieuse, assise avec un tricot ou un livre à la main. Sa présence rassurante calmait l'inquiétude à l'approche des examens.

Après deux années de dérive, il avait retrouvé un équilibre fragile. Son acharnement à reprendre le temps perdu avait porté ses fruits. Sa joie insatiable de connaître, son intelligence ouverte à toutes les disciplines dans lesquelles il excellait enchantaient ses professeurs.

Il délaissait quelquefois sa tâche et parlait avec maman de son amour pour Brigitte qui l'avait aidé à ne pas désespérer. Elle l'attendrait. Maman n'osait lui demander la profession qu'il dévoilerait bientôt. « Un secret », lui avait-il dit en perçant son désir. Il retournait à ses livres, non sans la regarder quelquefois pour se reposer.

Un soir, il avait été saisi d'étonnement, me disait-il,

devant la beauté de notre mère, à la mi-quarantaine. De la découvrir soudain, nous qui avions abandonné l'enfance pour accéder au monde mystérieux de notre jeunesse, nous avait troublés. Ces semaines de petits bonheurs qui illuminaient notre famille avaient irradié sur celle qui en formait le centre. Elle rayonnait dans la plénitude de ses formes et d'une sérénité souriante, comme la maturité d'une fin d'été somptueuse. Elle dégageait une grâce primesautière et une coquetterie naïve, inconnue de nous, ses enfants. Elle s'arrêtait quelquefois devant le miroir du salon pour rajuster sa robe, ourler ses cheveux où couraient des fils d'argent. Ses yeux très noirs scrutaient sa bouche aux lèvres minces, son visage un rien empâté. Son léger embarras nous amusait quand elle croisait notre regard.

Elle ne nous avait jamais paru aussi belle que ces deux soirs de fin de juin, quand elle avait descendu l'escalier, chaque fois dans une toilette nouvelle. « Des dépenses folles », avait-elle murmuré, intimidée par nos applaudissements et nos rires. Elle avait voulu être resplendissante pour marquer dans notre souvenir la collation du diplôme d'infirmière de Lorraine. Quelques jours plus tard, non sans appréhension, elle avait attendu le dévoilement de la future profession de Vincent et le diplôme de la fin de ses études classiques. Cette fête, Vincent voulait la partager avec nous tous, avec elle surtout qui la méritait autant que lui, disait-il.

Tu cachais ta nervosité, papa, dans une apparente désinvolture, bavardant avec des connaissances de la rangée arrière.

Dans la grande salle du Séminaire, la parole du supérieur avait retenti : « Monsieur Vincent Bilodeau a choisi la médecine. » Maman, les yeux mouillés, n'avait pas vu son fils monter sur scène. Ce qu'elle avait tant souhaité, son fils le lui offrait. Pourquoi, papa, avais-tu bafouillé : « Une infirmière et maintenant un futur médecin, c'est pas trop mal pour le fils d'un cultivateur du rang Saint-Benoît? » Ton rire grinçant avait saccagé son bonheur, le nôtre, détruit son espoir inquiet que tu nous rejoignes dans une tendresse enfin partagée, avant que se dispersent vos enfants.

La réception qu'avait préparée maman pour célébrer votre fils s'était déroulée dans une atmosphère morne. Elle scellait les mois qui nous avaient réunis dans le mirage d'un bonheur éphémère.

Chapitre 2

La camionnette de la compagnie filait à vive allure sur le chemin de gravier. La pluie du matin avait lavé les feuilles des arbustes et les fleurs sauvages, le long des fossés. Grâce à ton partenaire de bridge, Steve Gorman, un des « boss » de Price Brothers, nous avions retrouvé notre emploi de l'été précédent, au camp des bûcherons, à la tête du lac Lamothe. « Encore une demi-heure », avait lancé le barbu qui tenait le volant d'une seule main.

Vincent avait tassé son corps massif dans le coin du banc, avide des odeurs de résine de la forêt et du soleil qui inondait les lacs et le dos des montagnes. Je connaissais sa hâte de quitter la maison. La fête de la fin de ses études classiques et l'annonce de sa profession dans la vaste salle du Séminaire avaient tourné à l'amertume quand on lui avait rapporté les propos que tu avais cherché à minimiser, bien sûr, en les présentant comme une boutade. Lui qui avait secrètement souhaité te rendre complice de ses succès et effacer, avant de quitter la maison, ce qui l'avait éloigné de toi depuis la fin de son adolescence, tu comprendras sans doute sa frustration et son dépit.

Travailler de nouveau avec le commis Boulianne, un petit homme sec et peu bavard, le comblait d'aise. Après quelques jours, il aurait mis ordre aux factures éparpillées un peu partout dans le bureau et aux comptes en souffrance. Ce besoin méticuleux du rangement et de l'ordre, il le tenait de toi. Comme l'an dernier, il s'occuperait encore des achats pour la cuisine et de la réception des marchandises. Aux heures des repas, il m'aiderait à servir, sur les longues tables attenantes aux fourneaux, les plats de pommes de terre, de légumes et de viande, ainsi que les tartes, qu'enfourneraient en dix minutes les travailleurs toujours pressés.

Nous nous taisions, attentifs aux changements rapides de la forêt. Des touffes de bouleaux et de trembles émergeaient du paysage saccagé. Des cordes de billots s'étendaient au bord des chemins étroits creusés dans une terre jaune, sablonneuse. Çà et là, des flaques d'eau saumâtre croupissaient dans le creux des ravins. Je n'arrivais pas à m'habituer à ce décor d'apocalypse, celui du passage d'une tornade, qu'avaient fui les oiseaux et les animaux sauvages.

Nous avons contourné un lac ceinturé d'épinettes pour déboucher sur un vaste terrain où se dressaient des bâtiments qui abritaient les chambres des travailleurs, la cantine et la salle de repos. Disséminés, les garages, les entrepôts, les bureaux des contremaîtres et des commis surgissaient parmi les camions, les camionnettes, les grues, les bulldozers. Un petit village avait poussé en pleine forêt, avec toutes les commodités pour les deux cents hommes qui y vivaient cinq jours par semaine, avant de le fuir dès cinq heures, le vendredi.

Je serais, durant deux mois, un « chaud-boy », un aide-cuisinier. Mon statut d'étudiant m'éviterait sans doute encore le mépris à peine déguisé des hommes pour cet emploi occupé le plus souvent par un vieux sans famille ou un accidenté. Il me restait peu de temps libre durant la journée passée à courir autour des fourneaux, à faire le ménage et la vaisselle, à peler pommes de terre et légumes, à servir aux tables. Le souvenir le plus vif de ces mois demeure celui de la chaleur, humide, infernale, durant les jours très chauds de l'été. « Le bois, pis le travail de "chaud-boy", je connais ça », avais-tu lâché un jour. Tu n'en avais pas dit davantage. Je ne te parlerai donc pas du soleil qui se noyait le soir au fond du lac et qui ajoutait à l'ennui des hommes, assis dehors sur des bûches à fumer d'innombrables cigarettes, les autres limant leur scie mécanique ou jouant dans le moteur de leur camion. Tu clignes des yeux comme si tu cherchais à te rappeler ces soirées d'autrefois, où, comme moi, après t'être douché et changé, tu allais avironner sur le lac, t'arrêtais pour lire, enfin seul, loin du bruit des assiettes et de l'odeur moite des cuisines.

Le jeudi soir, Vincent et moi allions pêcher au pied des rapides d'une rivière qui se jetait dans une grande baie. Le lendemain soir, nous t'apportions une dizaine de truites. Tu aimais leur chair fraîche et rosée. J'avais tenu à ce que Vincent te les offre, la première fois. Tu les avais déposées dans le réfrigérateur, tout en continuant à commenter un article du journal que tu lisais. Il avait interprété ta désinvolture comme une façon de le supprimer. Il ne s'expliquait pas ton besoin, pensait-il, de lui déplaire, d'effacer tout élan d'affection qu'il te manifestait. Tu t'étais sans doute à peine aperçu de ses absences durant plusieurs fins de semaine. Il préférait rester au camp ou être reçu par celle qui deviendrait un jour sa femme.

Tu te lèves pour marcher dans la chambre où nous sommes enfermés depuis deux heures. Ton pas lourd s'arrête devant la fenêtre et tu écoutes ta propre rumeur ou celle de la nuit. Je me tais, dans l'espoir que tu interrompes mon long monologue, que tu te dises avec cette voix aux accents de tendresse ou de colère. Cette voix indifférente aussi, pire que le mépris, que tu manies avec élégance et qui écrase celui qui a osé te déplaire. Tu reviens t'asseoir et m'obliges à dévider le passé. Qu'espères-tu de ces souvenirs qui hantent ma mémoire? Ton visage s'est montré surpris à quelques reprises.

Indigné? Je ne sais pas. Peut-être ma quête auprès de toi n'aura-t-elle pas été vaine!

*

Un samedi de juillet, je remplaçais le cuisinier qui reviendrait le soir même. Il me fallait nourrir la vingtaine d'hommes restés au camp. Très tôt le dimanche matin, nous avons franchi le lac et fait lever la brume autour de nous. La descente de la « trail » débouchait sur un lac encaissé d'épinettes touffues. En son milieu, une femelle orignal et son petit brisaient la masse frémissante de l'eau. Le souvenir de ton visage, papa, avec une barbe de plusieurs jours, m'était apparu soudain, quand tu étais revenu de la « grosse chasse » avec un orignal que vous aviez tué, Nelson et toi. L'enfant que j'étais avait regardé avec horreur le sang sur le capot de la camionnette où trônait la tête énorme du « buck », aux yeux vitreux largement ouverts.

Le lac avait repris son repos et lavé l'image évanescente.

Non loin du sentier, des aulnes cachaient une embarcation aux bouts carrés et deux avirons grossièrement taillés. Le commis Boulianne et un contremaître l'avaient construite l'hiver précédent et transportée en motoneige.

Nous pêchions dans une eau profonde, face à un rocher de granit. Un vent très doux coulait de la passe où s'étaient réfugiés les orignaux. Je retenais ma ligne, distrait par la grâce des gestes de Vincent qui laissait s'échapper le fil comme un long serpent pour le déposer très loin à l'endroit précis où il le désirait. Debout, à l'avant, comme il te ressemblait, papa! Le même profil sérieux, concentré, le même acharnement dans le plaisir de vaincre et non dans celui de laisser la prise venir à soi. Indifférent aux flaques de soleil à travers les épinettes, au ridant qui gerçait l'eau et à la plainte du huard qui appelait sa femelle, seul l'intéressait la truite à capturer. De tes voyages de pêche avec lui, tu lui avais légué ton habileté à ferrer le poisson. « Hé! regarde! » a-t-il lancé. J'admirais sa lutte avec la truite qui s'enfonçait dans le frémissement gris bleu de l'eau pour reparaître plus loin en un bond dangereux qu'il savait maîtriser. Fatiguée, malgré ses dérobades et ses fuites, elle a été contrainte de s'approcher de l'épuisette que je tenais près de l'embarcation. « Une belle! » a-t-il dit, en la déposant dans le panier d'osier.

Nous avons caché à l'ombre d'une plage de sable un plein panier de truites enveloppées d'herbes mouillées. Vincent a parlé de son adolescence difficile, du bonheur d'une vie exigeante auprès de ses malades. Pas une fois, il n'a parlé de toi, mais je savais que sa pensée te pourchassait dans la peine de t'avoir un jour perdu, et le désir que tu retrouves le fils qu'il n'avait jamais cessé d'être. Nous n'avons pas vu s'assoupir le soleil parmi les épinettes, alors que germait en nous l'idée folle que tu partages avec tes fils un voyage de pêche dans la splendeur de ce lieu inconnu de toi. L'enfance retrouvée nous a effleurés d'une joie toute neuve, papa, celle des hommes de la famille enfin réunis.

Dans une vieille poêle, cuisaient quatre truites avec l'oignon et le beurre. Je me souvenais de la façon dont tu enveloppais de papier mouillé les pommes de terre pour les faire rosir parmi les braises. Sur cette grève perdue, nous accomplissions les gestes que tu faisais quand nous étions petits dans les campings sauvages qui peuplent maintenant nos souvenirs.

Le camp retrouvé était rempli du bruit des moteurs et de la voix des hommes qui revenaient à la solitude de la forêt.

Nous avons attendu en vain ta venue. Tu savais pourtant que nous serions à la maison, ce vendredi-là.

Lorraine, par gentillesse, avait réussi à échanger avec une amie ses heures de travail à l'hôpital.

Las d'attendre, nous avons commencé à manger l'entrée de truites. Pauvre maman qui s'efforçait à la gaieté! Je regardais la chaise vide au bout de la table. Quelle raison avait motivé ta fuite? Car il s'agissait d'une fuite, me disais-je, sans essayer de te disculper. Vincent cherchait à s'intéresser à un cas grave de chirurgie que lui expliquait sa sœur, mais je savais qu'il fulminait. Catherine servait les plats. Il a levé les yeux vers elle, a fixé sa taille, puis a souri. Comme moi qui l'avais observée plus tôt, il était frappé par les changements profonds qui avaient métamorphosé notre sœur cadette. Elle était devenue une femme sans qu'on s'en aperçoive. Un peu grassette, mais très belle déjà. En s'assoyant, elle avait surpris nos regards sur elle, et avait rougi. « Ouais », a murmuré Vincent, admiratif. « Ce que vous êtes bêtes, tous les deux! » Cette remarque a ramené le rire entre nous et une tendresse qui nous a gardés long-temps autour de la table.

Tu es enfin arrivé après avoir soupé avec un client. « Une obligation ennuyeuse », as-tu dit, d'un ton dégagé. Tu n'as fourni aucune excuse. Nous n'en attendions d'ailleurs pas. Tu ne nous avais pas habitués à une telle marque de délicatesse! « Viens t'asseoir avec nous », a demandé maman, en t'offrant une tasse de café. Tu le buvais lentement, dans un silence insolite que j'ai inter-rompu. Peut-être aurais-je dû attendre un moment plus favorable pour t'expliquer notre projet de pêche avec toi? En parler davantage avec maman qui aurait pu te persuader, peut-être? Tu me regardais avec cette fixité attentive qui désorientait souvent tes débiteurs ou les mauvais payeurs. Imagine ma nervosité! Toutes ces phrases que, durant des jours, j'avais répétées pour te convaincre, je les avais oubliées. J'ai bafouillé je ne sais quelles raisons qui t'ont surpris davantage par leur ton passionné que par leur incohérence. Du moins l'ai-je cru alors. Tu as continué à siroter ton café, les yeux à demi fermés. Maman s'efforçait d'attirer ton attention : « Tes garçons, tu leur ferais tellement plaisir! » Sa voix souriante cherchait à t'émouvoir. « Ne jamais prendre de front votre père! » Je me souvenais de cette phrase sans cesse redite par elle, dans le long silence qui a suivi.

— Gorman a déjà organisé un voyage au club privé de Price Brothers. Je ne sais s'il pourra le remettre à plus tard, as-tu répondu, en regardant ta montre; une habitude chez toi.
— Si je te le demandais? Cette excursion sera notre dernière, ensemble, a murmuré Vincent d'une voix où perçait une tendresse anxieuse.

Tu as sorti une cigarette d'un boîtier en argent. Exhalant la fumée, tu as répondu :

— Mais non, mon petit Vincent, tes études te permettront sûrement de revenir à la maison. Pour le voyage de pêche, on verra.

Ton ironie a figé ton petit Vincent, qui, à vingt et un ans, entrerait à l'université cinq semaines plus tard.
Il a plu durant plusieurs jours. Les hommes attendaient les accalmies pour retourner au travail, ou revenaient, maussades. Un vent d'ouest a soufflé le mercredi, balayant la dernière pluie qui tambourinait sur le lac. Le soleil a crevé les nuages. « Il va faire beau, samedi, répétait Vincent. Penses-tu qu'il va venir? » Son inquiétude et l'immense besoin de ta présence avec nous me le rendaient tellement fraternel dans sa fragilité d'enfant mal aimé. Les derniers jours se sont étirés dans une sorte d'engourdissement comme si l'attente enrayait les heures, ralentissait leur rythme.

Enfin, vendredi! Dans le brouhaha des camionnettes qui s'éloignaient vers la ville, nous attendions ton appel dans le bureau où travaillait Vincent. « Il nous doit au moins ça! » murmurait-il.

Je suis allé à la cuisine aider au souper des travailleurs qui restaient. Une demi-heure plus tard, la silhouette de Vincent apparaissait dans l'entrée. Son appel à maman. Peut-être légitimerait-elle ton retard vers nous par une dernière rencontre avec un client? Embarrassée, elle avait confirmé ton départ avec Gorman. Face à l'exaspération de son fils qui criait sa fureur au téléphone, elle n'avait pas cherché à t'excuser. Aucune raison ne justifiait ton refus de nous rejoindre. « Non, aucune », martelait Vincent, tard dans la nuit. La rage qui l'empêchait de dormir cachait mal son immense détresse d'avoir été trompé encore une fois par toi qui nous méprisais, disait-il.

— Il s'est moqué de nous. Même pas un appel pour couvrir, comme un homme, son refus. Gorman aurait compris que ce voyage devenait le dernier avant mon départ définitif de la maison.

Tu savais, comme lui, que ses études en médecine ne lui permettraient guère de vacances.

Les semaines qui suivirent furent lugubres. Il accomplissait son travail avec la même minutie, mais sans la flamme qui enchantait le commis Boulianne, désolé de le voir si taciturne. Envers moi, sa gentillesse et son dévouement à m'aider au service des tables ne se démentiraient pas. Mais il me manquait la complicité de son rire, de ses silences qui amplifiaient soudain le ridicule d'un personnage ou d'une situation. Sa tristesse avait tari ses réflexions sur les grandes questions auxquelles il serait confronté et qui nous hantaient : la vie, la mort, la souffrance, le bonheur.

Je te retrouvais chaque fin de semaine, sans lui. Tu posais la question rituelle :

— Tiens! Vincent n'est pas avec toi?
— Non, papa, il s'est rendu chez les parents de Brigitte.

J'insistais d'ailleurs pour te rendre coupable. Maman m'embrassait, avec, dans le regard, une interrogation muette.

Elle savait cependant qu'elle retrouverait la tendresse de son fils, Vincent, qui l'appelait pour lui donner des rendez-vous, comme pour un amour clandestin. Elle ne se doutait jamais d'une fois à l'autre où il l'amènerait. L'imprévu de ces rencontres diminuait son chagrin de ne plus le revoir à la maison. La fantaisie de son fils, qui lui demandait : « Habille-toi en vêtements sports » ou « Je te veux très belle », jetait en elle l'incertitude joyeuse d'une longue balade, d'un repas dans un restaurant inconnu, d'une soirée au théâtre ou d'une surprise inusitée, mais ne parvenait pas à lever une inquiétude diffuse qui rongeait son bonheur. Les longs silences de son fils, la tristesse que ne parvenaient pas à cacher son humour et sa prévenance, lui laissaient présager pour bientôt la débâcle de sentiments dévastateurs trop longtemps retenus qui nous briseraient.

Nous appréhendions son départ vers Montréal, le connaissant assez pour craindre le pire. Tu jouais d'ironie avec nos craintes et les rencontres incongrues du fils et de la mère, que tu soulignais avec délectation, sans te rendre compte – mais était-ce vrai? – que tu bluffais, pour ne pas t'avouer la blessure de l'absence délibérée de ton fils.

*

Jamais de tout l'été, la nature ne parut plus éclatante. Les hommes travaillaient avec ardeur. Le commis Boulianne, débordé, offrait à Vincent des heures supplémentaires à double tarif qu'il s'empressait d'accepter. Si je lui opposais le besoin de se reposer avant l'année qui s'annonçait ardue, il pointait les camionneurs qui travaillaient souvent quinze heures par jour. Pourquoi ne pas entasser des billets pour les temps sombres à venir? Je ne me doutais pas de la gravité de ses propos que masquait son sourire.

J'avais accepté la demande du cuisinier de l'aider, la dernière fin de semaine d'août, avant notre départ. Le temps exceptionnel favorisait le travail des hommes en forêt. Je consacrais mes soirées auprès de Vincent à des tâches faciles. À aucun moment, il ne m'avait révélé ses projets qu'il vous dévoilerait bientôt. Vers une heure ou deux heures du matin, le bruit léger de ses pas dans la chambre me réveillait quelquefois.

Je te regarde, papa. Tu es livide, avec des rougeurs aux pommettes.

— Peut-être vaut-il mieux s'arrêter, aller dormir?
— À mon âge, on dort peu!

Je vais avec toi à la cuisine pour un café noir que tu m'offres. Tu soulèves les épaules devant la vaisselle sale qui traîne sur le comptoir.

— Viens, me demandes-tu, en pénétrant dans la pièce près de la salle à manger qui te servait à l'époque de bureau.
— Après la mort de ta mère, j'ai ajouté une commode et un lit. Ça me suffit.

Dans la chambre dépouillée, la lampe de chevet éclaire de biais une peinture, celle d'une femme et de son enfant. Des livres traînent par terre et sur le bureau. Un tome des *Mémoires du Général de Gaulle* est ouvert sur une table. Qu'est devenue la bibliothèque avec ses livres reliés que tu nous laissais libres de choisir?

Tu t'enfonces dans le fauteuil que tu tournes vers la chaise de bureau où je m'assois.

— Vincent, deux semaines avant son départ pour Montréal, nous a rencontrés ici, ta mère et moi. Il y a dix-huit ans.

Tes yeux se sont clos, puis se sont posés sur moi, infiniment las. Tu reprends d'une voix volontairement monotone :

— Tu en es rendu là, à ces heures pénibles dans ton retour vers le passé.

Je ne décèle aucune ironie dans ta voix, mais une amertume retenue. Ainsi m'as-tu précédé dans le temps que ma venue vers toi ressuscitait. Le prodigieux instinct de prévoir les paroles de ton interlocuteur et l'argumentation de tes adversaires joue avec moi et me désarçonne.

— On ne s'est pas chicanés. Entre gens civilisés! Il a refusé mon aide financière. C'était son droit. Je ne désire pas qu'on insiste sur sa pauvreté, sur son dénuement quelquefois, durant ses années de médecine. J'ai été moi-même universitaire, venant d'une grosse famille de cultivateurs, alors! Tu veux que je te révèle un souvenir? La mémoire du passé, c'est tout ce qui reste à un homme de mon âge! Je lui avais envoyé pour son premier Noël un chèque qui couvrait les dépenses de son semestre. J'ai reçu, au début de janvier, une enveloppe à mon nom. Aucun mot, mais un chèque déchiré en morceaux!

— Papa, ce que voulait Vincent de toi, c'était que tu le considères comme un fils, ton fils, et que tu le lui dises. Que tu le lui manifestes. Combien de fois s'est-il senti rejeté! Ses révoltes, son refus de ton argent criaient son besoin de toi. Comment n'as-tu pas compris qu'avant son départ définitif pour Montréal, il ait tenu avec Brigitte à partager une dernière fois notre repas du soir, un geste qui lui avait coûté, puisque, de tout l'été, il s'était absenté de la maison préférant passer les fins de semaine chez les parents de son amie?

Tu étais bien sûr arrivé en retard, pérorant durant le souper sur les difficultés des marchés financiers. À une réflexion de maman qui félicitait son aîné de vouloir un jour servir auprès des plus démunis, tu t'étais amusé de ce projet. Tu le connaissais suffisamment pour qu'un jour l'appât du gain... L'insulte était si grossière que maman de sa voix égale t'avait félicité de si bien connaître ton fils! Vincent s'était levé et dirigé vers la cuisine. Il était revenu peu après, avait embrassé Brigitte en s'assoyant.

Dix minutes plus tard, on sonnait à la porte. C'était le chauffeur de taxi, monsieur Simard. Vincent s'était levé, suivi de Brigitte. Il avait longtemps serré maman dans ses bras : « Je t'écrirai bientôt. » Lorraine, Catherine et moi-même l'avions suivi sur la galerie.

*

Nous étions revenus à la salle à manger. Tu jouais avec ta fourchette. Tu savais la rupture définitive avec ton fils.

Tu ne réponds pas, comme si tu jugeais inutile de reprendre cette question si souvent posée par maman : « Pourquoi ne cherches-tu pas à le comprendre? » Tu tires avec les fils du tissu qui recouvre le fauteuil. Le silence dans la pièce est interrompu par le grésillement d'un papillon de nuit dont les ailes se sont brûlées à la lampe.

— Tu te souviens, André, de notre voyage de pêche que nous avait offert Steve Gorman?

Je suis frappé par mon nom prononcé pour la première fois depuis mon arrivée. Que tu le dises me bouleverse comme un signe de reconnaissance et une blessure que tu l'aies négligé durant toutes ces heures. Toi, le vieil homme impitoyable, l'espace d'un instant, tu t'ouvres à la tendresse qu'évoquent mon nom et un souvenir d'autrefois. Ainsi tu n'as pas oublié ce voyage de pêche!

L'horloge de la salle à manger sonne ses douze coups de minuit. Je sursaute. Toutes ces heures enfuies sans que je m'en aperçoive!

— Tu dois être crevé après ton voyage et notre conversation. Va dormir. Moi, je me repose un peu avec de Gaulle et ses *Mémoires*. « La vieillesse est un naufrage », a-t-il dit un jour. Superbe, comme réflexion.

Chapitre 3

Je prends ma veste de cuir et sors sur la galerie. Les réverbères trouent la nuit d'un halo jaune. D'un pas rapide, je monte vers la rue principale. Tout me paraît étrange et pourtant familier. Aucune nostalgie du passé, même si mes yeux retrouvent les mêmes restaurants, les mêmes terrasses et l'odeur des frites.

Je reviens à la maison. L'éclairage tamisé de la lampe du corridor me conduit à ma chambre d'autrefois. En vain, je cherche à dormir. Sur mes paupières fermées, danse ton visage. Je reprends la douceur de mon nom que tu as prononcé et le souvenir de notre partie de pêche avec Gorman. Pourquoi as-tu jeté ce souvenir plutôt qu'un autre pour clore notre rencontre? Je me trouve méprisable d'y rechercher un sens caché. Pourtant n'est-ce pas ainsi que tu agissais souvent avec des clients éventuels? Avec nous quelquefois? Laisser en pâture une phrase inachevée, un geste désinvolte, un silence dont il fallait déchiffrer la signification?

Que voulais-tu que je découvre de ce souvenir d'il y a dix-neuf ans? C'était, je m'en souviens comme toi, un jour de fin de juin, après mes examens du baccalauréat de rhétorique, qui coïncidait avec la venue de Vincent pour un repos de quelques jours dans la famille de Brigitte. Était-ce pour satisfaire maman qui souffrait de l'absence de son fils et de son rappel lancinant? « C'est ton fils, rencontre-le! » Tu m'avais alors parlé de l'inviter à nous accompagner. Mais tu savais bien que ses vacances de quatre jours ne lui permettraient pas de venir avec nous. Pourquoi le lui avoir demandé? Désir inconscient de réparer ton refus de nous rejoindre l'année précédente au camp des bûcherons? J'invente des raisons, me diras-tu. Pourquoi? Pour te disculper sans doute! Et si c'était par besoin de croire en toi?

Durant cette nuit où je n'ai pas sommeil, je retourne à ce fameux coin de pêche au camp de Price Brothers où nous attendaient Gorman et deux de ses amis. Si j'ai continué, à travers toutes ces années, à rechercher ta propre vérité, je le dois à ces trois jours où des pans obscurs de ton être m'ont été dévoilés. Ils m'ont permis de ne pas désespérer de toi, d'aller plus loin dans la connaissance de l'homme que tu étais, façonné par la vie qui ne t'a pas épargné. Qui t'a peut-être brisé.

Nous avons pris le chemin de gravier qui nous avait conduits, Vincent et moi, au camp des bûcherons, l'année précédente. Cette fois, monsieur Gilbert, ton ami, nous accompagnait, heureux de se reposer de sa ferme. Je ne savais pas que vos pères et un voisin l'avaient marché autrefois, alors qu'il n'était qu'un sentier, avec leur sac sur l'épaule et leur hache. Ils couchaient deux nuits à la belle étoile sur un lit de branches de sapin et continuaient le lendemain, à l'aube, vers le camp en bois rond du lac des Outardes. Partis à l'automne bûcher tout l'hiver, ils revenaient « avec quequ' piasses », comme vous disiez, reprenant leurs paroles. « Laisser la femme et les enfants pour travailler à un salaire de famine », avais-tu sifflé entre tes dents. Toi aussi, comme ton ami Gilbert, vous aviez passé vos vacances comme « chaud-boys » pour des « jobers » différents, tous au service de la compagnie Price Brothers. « Logés, nourris, avec des salaires de crève-faim. » Je m'étais tourné vers toi qui conduisais. Une violence rentrée avait sculpté les traits de ton visage, durci ton regard. Ton fils de dix-huit ans croyait comprendre la rancœur jamais oubliée et le sentiment de revanche que tu éprouvais envers les patrons de Price Brothers qui t'attendaient, toi, leur invité et leur égal, maintenant.

La camionnette a contourné un lac, puis s'est arrêtée. Nous t'avons suivi jusqu'à l'entrée d'une rivière. Sur la pointe du lac, se dressait le camp de la Compagnie. La montagne d'épinettes, tout au fond, baignait dans un ciel cramoisi. L'eau frémissait à peine, allumée par l'incendie du ciel.

— T'as vu, Hervé, le chalet de Price, dans une mare de sang? Le sang de nos pères et des nôtres. Pas un maudit d'entre nous pourrait se bâtir ici. Pourtant la forêt, elle nous appartient. Tant qu'on portera leur boîte à lunch!

Sans un mot, nous sommes retournés vers la camionnette. Étais-je le fils d'un rebelle?

À notre arrivée, trois hommes sur la galerie du camp sont venus vers toi te serrer la main. Ils ont transporté les sacs de vivres alors que tu restais près du marchepied à regarder leur va-et-vient. Toi, si réservé avec nous, tu riais. Tes réponses en un anglais impeccable déclenchaient la bonne humeur. Monsieur Gilbert baragouinait leur langue. Ton rire trahissait-il la revanche de l'adolescent humilié d'autrefois et celle de ton père? J'étais renversé par ton naturel et ton ascendant perceptible déjà sur Steve Gorman et ses amis. Ai-je raison de noter ce que garde mon souvenir : un léger retrait chez toi qui te refusais à créer des liens profonds avec eux? Et la langue anglaise que tu maniais avec tant de facilité, où l'avais-tu apprise?

— Viens, m'as-tu demandé, interrompant ma réflexion.

L'entrée du chalet donnait sur une vaste pièce, aux boiseries ornées de tableaux de chasse. Non loin du foyer, où brûlaient des bûches de bouleau, un râtelier portait des armes anciennes. Au centre, sur la table de chêne, reposaient des bouteilles de spiritueux. Tu nous a indiqué une chambre à plusieurs lits. « On couche ici, toi, Hervé et moi. » Tandis que tu rejoignais ton hôte, j'ai aidé monsieur Gilbert à placer les vivres dans les armoires et le réfrigérateur au propane. Assis dans un fauteuil, face au foyer, tu as refusé le verre de scotch que Steve Gorman t'offrait. Les deux autres se sont approchés de la table.

Nous sommes sortis sur la galerie, monsieur Gilbert et moi, et avons gagné le petit sentier qui conduisait au quai. Le lac, sans une ride, dormait. Le chalet clignotait de toutes ses lumières comme un navire échoué sur une grève.

— Vous connaissez mon père depuis longtemps?
— Depuis toujours. On était voisins.

J'écoutais sa voix de basse raconter votre enfance pauvre, mêlée aux mêmes travaux de la ferme, aux mêmes heures du « train », à l'aube, dans l'étable, vos longues marches vers l'Académie Saint-Michel, matin et fin d'après-midi, les railleries des petits camarades envers les habitants qui sentaient le fumier. Tu te battais souvent, disait-il. Tu n'acceptais pas d'être ridiculisé. Les études de ton ami au Séminaire étaient payées en partie par une tante; les tiennes, par un monseigneur qui avait décelé en toi une future vocation à la prêtrise.

— Papa, un moine? ai-je dit, en éclatant de rire.
— Ben non! Ton père était trop rétif, trop individualiste pour accepter l'autorité, surtout celle des curés. Quand il a avoué ne pas avoir la vocation, le vieux prêtre lui a répondu : « T'aimes étudier? T'as de bonnes notes? Continue. Un médecin, un avocat honnête, les pauvres en auront toujours besoin. » Ton

père n'a jamais oublié l'humiliation d'avoir étudié sous le faux prétexte de devenir prêtre. Est-ce que c'est pour se racheter, que, chaque année depuis quinze ans, il offre une bourse qui permet à deux gars d'étudier? J'ai toujours pensé que plusieurs de ses décisions venaient d'un sentiment de culpabilité qu'il traîne depuis des années.

— Une bourse... depuis quinze ans?

Ma surprise a fait sourire monsieur Gilbert.

— Personne ne le sait dans votre famille. Tu ne connais pas sa manie des secrets et sa pudeur de jeune fille. Il préfère jouer au dur!

Un vent très doux soufflait de l'ouest. Les vagues, courtes, frappaient les piliers en un chuintement étouffé.

— Comment avez-vous trouvé l'argent qui manquait pour payer vos études?
— En aidant un vieux cultivateur dont la femme était morte depuis quelques mois. Le sens des affaires, ton père l'a trouvé dans le poulailler qu'il a rempli d'une centaine de poules!
— C'est pas vrai! ai-je dit, stupéfait.
— André, c'est arrivé comme ça! Si je te jurais qu'on ne suffisait pas à la demande des clients qui recherchaient nos œufs? Nos heures libres, on les a passées, les trois dernières années du collège, à la ferme du père Bouchard. Ton père y avait même sa chambre. Ça remplissait de bonheur le vieil homme qui se sentait moins seul.

Ton ami t'a suivi ensuite à Québec pour étudier le droit à l'Université Laval, mais il n'avait pu tenir, rongé par l'ennui de la terre. Durant deux ans, tu as continué tes études, grâce à des prêts, des bourses, du travail de nuit comme gardien dans un entrepôt, avant d'abandonner, fatigué de vivre dans une misère dorée dont s'accommodaient tes confrères, mais qui te répugnait. Tu t'étais juré de ne plus jamais être pauvre et humilié. Tu avais enfin trouvé ta voie auprès d'un agent immobilier habile et un peu magouilleur qui devait sa fortune à des contrats gouvernementaux.

*

Les trois années suivantes, vous ne vous êtes pas vus, même si tu rencontrais assez souvent des cultivateurs du rang Saint-Benoît. Hervé, ton ami, s'était marié et possédait maintenant la terre que son père lui avait cédée. Ton éloignement t'avait empêché de discuter avec lui de l'achat de plusieurs terres du coin. Que tu aies prévu l'agrandissement de la ville et la fondation d'une nouvelle paroisse ne surprenait pas ton ami. Il connaissait ton flair et tes accointances avec plusieurs conseillers du maire. Tes anciens voisins, les cultivateurs, découvraient maintenant, avec stupeur, que leurs terres achetées par toi à un prix dérisoire, découpées en terrains, rues, places publiques, valaient une fortune qui fructifiait dans des sociétés que tu avais créées. Leur déception, disais-tu, tenait de l'envie. Ton ami t'avait supplié de trouver avec eux un prix équitable qui ne ternirait pas ton nom et celui de ta famille. « Tu ne peux vivre avec une telle injustice », t'avait-il répété.

Un long silence avait suivi, que je n'avais pas osé interrompre. Je connaissais le besoin de ton ami de me parler de toi et je lui étais reconnaissant de ne pas te juger.

Ces gens avaient vendu leurs biens non sans regrets, bien sûr, puisque toute leur vie, et souvent celle de leurs parents, était inscrite partout où ils marchaient et levaient les yeux. Mais à leurs regrets se joignait la colère d'avoir été dupés par un fils du rang Saint-Benoît. Ils t'avaient vu naître et grandir, ils étaient venus aider tes parents à faire boucherie. Tu avais fraternisé avec leurs gars et leurs filles durant la guignolée et les repas des fêtes. N'avais-tu pas participé à leur deuil?

— Ton père était un peu l'enfant de tous ces cultivateurs, André. Ils ont toujours pensé qu'il avait abusé de leur amour.

D'un geste, monsieur Gilbert avait balayé l'air, comme toi autrefois, à l'idée de les rencontrer et de retrouver leur confiance.

Quand vous vous étiez revus, ton attitude comme tes propos l'avaient désarmé. Une âpre discussion s'était levée entre vous au sujet de la terre du vieux Bouchard que tu t'apprêtais à acheter. Le vieil homme avait fait appel à Hervé pour l'aider à fixer un prix juste. Une assez forte somme t'avait échappé, mais tu t'étais incliné. Curieusement, votre amitié n'avait pas souffert de cette mésaventure. Elle avait cependant révélé à ton ami l'homme indifférent aux sentiments, dur en affaires, image que tu projetais déjà à l'époque.

— La terre pleine de roches des Lalancette, je l'ai achetée selon l'évaluation et les lois du marché. C'est pas de ma faute si on était en pleine Dépression et que le bonhomme était l'ami de mon père!

— Ça n'a pas d'allure, Charles! Tu ne peux pas traiter ces gens comme des inconnus. Ils ont été mêlés à ta vie et à celle de ta famille depuis toujours.

Inutile de discuter, me disait monsieur Gilbert, en marchant dans le sentier, vers le chalet. Il se convainquait d'avoir raison, avec des principes de gestion, d'efficacité.

Son mépris pour les faibles s'était-il développé durant ces années où il avait eu peur de devenir un humilié?

Nous sommes bientôt arrivés sur la galerie. Les lampes à l'intérieur du chalet éclairaient la table où les quatre hommes jouaient aux cartes. Embusqués dans la nuit, nous avons fixé longuement les joueurs.

— Regarde bien, André. Seul ton père ne boit pas. Un des amis de Gorman, le plus gros à gauche, n'a plus de réflexes. Il est saoul. Gorman, en face, joue avec ses cartes, les reprend dans sa main, jette un coup d'œil sur la table où s'empile une forte somme. Ton père a noté son incertitude. Le grand sec, à droite, va jeter les siennes. Il devait déposer un jeton, mais l'a repris. Tiens! il a fermé son jeu. Il abandonne. Ton père ne bronche pas. Tu ne peux rien lire sur son visage et dans ses gestes. Une statue. Même dans le jeu, il les domine. Son plaisir est là. L'argent l'intéresse peu, mais le pouvoir. Les écraser, les « plemer »!

— Les sentiments, le cœur?

— Des faiblesses qu'il s'est efforcé de combattre, sans toujours réussir, par peur d'y être englué.

— L'amour, l'amitié, ça ne compte pas aujourd'hui pour lui? Mais votre amitié...?

— Tu n'y comprends rien? Moi, non plus. Pourtant, ces contraires existent dans sa vie. Il vous aime. À sa façon. Rappelle-toi la fugue de Catherine et sa recherche toute la nuit, dans la ville avec toi. Il se désole, j'en suis sûr, d'avoir perdu Vincent mais il ne pliera pas, au risque d'en crever.

Monsieur Gilbert s'était assis sur les marches d'escalier. J'écoutais sa voix percer la nuit de cet inconnu, mon père. Monsieur Gilbert possédait la certitude de ne pas tromper ton amitié puisque tu ne t'étais pas objecté à ce qu'il me parlât de ton passé. Tu le lui avais exprimé à mots couverts quelques mois après le départ de Vincent et celui de Catherine. Je retrouve soudain au souvenir de ma petite sœur ton exaspération quand elle avait menacé d'abandonner ses études si elle restait à la maison, cherchant à briser par ce geste l'ignorance dans laquelle tu la tenais depuis sa fugue. Elle te défiait, par vengeance, disais-tu, alors qu'elle souhaitait ton refus de son départ qui aurait marqué pour elle la tendresse retrouvée de son père. Tu n'avais pas remarqué sa déception quand un de tes collègues de la ville de Québec l'avait acceptée. Cette solution t'assurait la fierté d'une future universitaire dans le palmarès de l'ancien fils d'habitant, croyais-je à l'époque.

*

Puis-je t'avouer, après tout ce temps écoulé, que les confidences murmurées cette nuit-là par ton ami me permirent d'affronter avec sérénité les deux dernières années auprès de toi qui passais en coup de vent à la maison, dévoré par le besoin de bouger, obnubilé par tes affaires? J'essayais tant bien que mal de combler la solitude de maman, depuis le départ de trois de ses enfants. Je restais seul avec elle dans une demeure trop vaste, habitée par les souvenirs qu'elle recherchait, non sans se blesser : photos, vêtements dans les garde-robes, quelques vieux disques des Beatles de Vincent, un parfum de Catherine, une poupée en chiffon de Lorraine, sur la commode de la chambre des filles. Quand j'étudiais tard le soir, je savais qu'elle aimait lire ou tricoter près de moi, comme autrefois avec Vincent. Toujours belle, elle s'obligeait à se coiffer et à s'habiller de façon élégante, avant l'arrivée de Lorraine qui l'invitait souvent à des sorties au cinéma ou au restaurant. Les lettres qu'elle écrivait de son écriture penchée, à Vincent et Catherine, racontaient par le menu détail notre vie, oubliant sa souffrance d'épouse délaissée. Il fallait décrypter certaines phrases à ton sujet pour entendre la plainte sourde de la femme en mal d'amour. Un sourire ténu couvrait sa vie monotone.

Si je rappelle avec insistance son souvenir, c'est pour essayer de comprendre la déchirure ineffable qu'a provoquée le départ de ta propre mère, que me racontait Hervé, ton ami, dans cette nuit, sur la galerie du chalet de Price Brothers.

Il t'avait accompagné à la gare du chemin de fer, dans l'attente infernale du départ du train qui amenait ta mère au sanatorium pour tuberculeux de Roberval, face au lac Saint-Jean qui étalait sa beauté inhumaine pour les malades allongés sur les galeries. Tu lui portais un amour farouche, exclusif. Chaque jour de ses deux années d'absence, tu attendais dans l'anxiété les lettres où tu reconnaissais l'écriture fatiguée, à peine visible à la fin, qui racontait son ennui et son besoin de vous revoir. On l'avait ramenée à la maison. La tuberculose avait ravagé son visage et son corps devenus méconnaissables. Sa toux déchirait la nuit, t'empêchait de dormir.

Ton père l'avait vue mourir à petit feu, me disait la voix chuchotée qui me parvenait, entrecoupée par des bouts de silence. Penché, monsieur Gilbert dépliait ses mains, imitant les gestes que tu déployais, quand tu la couvrais de couvertures sur sa chaise longue, pour l'empêcher de grelotter, malgré la chaleur de l'été. Tu épongeais son visage dans les poussées de fièvre qui la rongeaient. On t'éloignait d'elle, contagieuse, mais tu revenais, afin qu'elle ouvrît ses yeux immenses pour te sourire.

Dans la chambre dénudée, ton père et les enfants les plus âgés l'avaient vue s'éteindre comme une bougie lasse de vaciller. Avant leur entrée, le médecin, aidé de la voisine, avait caché la bassine pleine de sang. Une dernière toux avait emporté sa fatigue de vivre. Tu l'avais regardée, toute blanche dans le grand lit, avec son visage pour toujours immobile. Tu connaissais très tôt le désespoir d'être à jamais seul et le sentiment horrible, injuste, d'avoir été berné.

Hervé t'avait rencontré le lendemain, au retour de l'école. Tu aidais ton père à l'étable, lui qui paierait longtemps les deux années de sanatorium de sa femme. Le soir, habillé de noir, tu l'avais accompagné au salon funéraire. Il t'avait cherché ensuite et t'avait enfin trouvé près d'un lavabo. Tu pleurais.

— Je ne l'ai plus jamais vu verser une larme. Il n'a jamais fait allusion à sa mère. Et pourtant!

La nuit poursuivait sa lente marche dans l'odeur de résine et de terre mouillée.

— Et pourtant, a-t-il repris, durant des années, son souvenir l'a empêché de chavirer dans la violence. Il n'a jamais pardonné à la vie, entends-tu, André, d'avoir perdu sa mère à douze ans.

Dans le lit étroit de ma chambre d'autrefois, je reprends les paroles que murmurait monsieur Gilbert, ton ami, durant le fameux voyage de pêche au chalet de Price Brothers. Elles peuplent mon souvenir, comme certains détails précis de la nature. À travers le fil du temps, presque tout le reste s'est perdu, engouffré dans l'oubli de l'éphémère. De toi, je ne retiens que ces paroles de ton ami, quand tu nous avais surpris sur les marches de la galerie.

— On colporte des secrets? avais-tu dit, mi-sérieux.
— Si c'était vrai? a répondu ton ami.
— Ça peut m'aider? Alors, c'est bien!

Tu avais éclaté de rire. Ta mine réjouie répondait à une question informulée de monsieur Gilbert. Tu avais gagné le gros lot!

Je me souviens aussi de votre départ très tôt, le lendemain, qui m'avait réveillé. Toi, Gorman et ses deux amis, vous partiez deux jours vers le « petit camp », aviez-vous répondu à monsieur Gilbert. Trois portages. Un lac magnifique. Des grosses truites à prendre à la mouche. Tu en avais rapporté quelques-unes à maman.

Dans le lit qui fait face à la galerie de photos, l'homme de trente-sept ans que je suis devenu guette le sommeil qui ne vient pas. Je me lève et descends à la cuisine boire un verre de lait et manger quelques biscuits. Sous ta porte, filtre la lumière. Tu ne dors pas. En moi, monte une bouffée de tendresse vers l'enfant naufragé qui se cache dans ce vieil homme, mon père.

Avant de sombrer dans le sommeil, j'écoute, surpris de cet oubli invraisemblable, cette autre parole de monsieur Gilbert, dans la vaste cuisine du chalet de Price Brothers, où nous mangions seuls. Sur le lac crépitait le soleil de midi.

— La vie de ton père est pleine de deuils. La mort de sa mère, bien sûr, mais d'autres qu'il faudra un jour te révéler.

Cette part obscure de ton être, celle qu'il me reste à découvrir.

Chapitre 4

Le claquement d'une porte, une voix de basse qui salue d'un « Bonjour, sacré vieux bonhomme! » me jettent hors du sommeil. J'émerge lentement d'une nuit lourde, sans rêves, tandis qu'en bas ronronne la grosse voix à laquelle tu réponds par monosyllabes. Des bruits de pas dans l'escalier.

— Salut, André, suivi d'une bourrade affectueuse.

Je reconnais monsieur Gilbert, à son odeur de pipe et d'eau de Cologne. Il se tient au pied du lit, cachant, de sa large carrure, le soleil qui inonde la chambre. Il s'amuse de mon geste de ramener la couverture qui cache ma nudité.

— Bonjour, monsieur Gilbert! Quelle heure est-il?
— Celle de te lever, paresseux! Il est neuf heures. Viens déjeuner!

Qu'il m'intime l'ordre de déjeuner me fait sourire. Qui d'autre que lui oserait un tel geste dans la maison de Charles Bilodeau? En me levant, je retrouve la galerie des photos d'autrefois et les yeux rieurs qui me regardent.

Dans la salle à manger, tu te tiens au bout de la table, tassé dans ta chaise à dossier de velours grenat. Tu sirotes un café brûlant. Tu déposes ta tasse d'un geste un peu vif d'une main qui tremble à peine. Je sais que tu as perçu mon regard, non sans ennui. Tu as honte, sans doute, que j'aie remarqué cette faiblesse, toi qui détestes qu'on fasse allusion à ta santé depuis la crise cardiaque qui t'a terrassé quelques mois avant la mort de maman. Ainsi supportes-tu à peine la visite hebdomadaire de ta fille, Lorraine, qui t'ausculte et surveille ta diète sévère.

D'un geste, tu m'indiques la chaise, près de toi, en face de monsieur Gilbert. Tu sembles t'amuser de ma surprise de vous retrouver tous les deux, tôt le matin, buvant votre café. Les bruits légers de la cuisine, l'odeur de pain grillé m'intriguent.

— Faut pas te surprendre, André, me dit monsieur Gilbert. On envahit l'antre du vieux bougonneux une fois par semaine. J'amène avec moi ma petite-fille, une vraie perle qui lui prépare des plats fricotés avec sa mère. Le samedi, elle s'occupe de la lessive, nettoie la maison et nous présente la liste d'épicerie. Si tu nous voyais, tous les deux, dans les allées du supermarché! Deux petits vieux. L'un s'amuse et traîne l'ennui de l'autre. Je fais la conversation à ton père, ce qui veut dire que je parle tout seul!

Tu laisses tomber ta main dans un geste d'abandon, puis tu joues à replacer ton assiette et les ustensiles. Monsieur Gilbert se retourne.

— Hélène! Le monsieur de Montréal est enfin à table!

Je veux protester, mais je m'interromps à la vue d'une jeune fille qui me salue d'un sourire timide. Sa robe fleurie ensoleille la pièce. Sur un plateau, du pain grillé, des œufs et un pot de fraises. Ses allées et venues dans la cuisine, son geste de déposer devant toi deux rôties, les confitures et un flacon de pilules démontrent sa connaissance des lieux et du maître de la maison. Je retrouve chez elle les yeux sombres de son grand-père, le même menton volontaire qu'adoucit cependant une fossette. Elle me verse le café avant de retourner à la cuisine, silencieuse dans ses souliers chinois. Tu bougonnes en avalant deux pilules. Je suis frappé par ton cou décharné et tes lèvres exsangues.

— Un beau brin de fille, hein, André? déclare monsieur Gilbert.

Sa voix, légèrement enrouée, est marquée de tendresse rieuse. Hélène, de la cuisine, écoute, j'en suis sûr!

— Oui, ma fille est du même âge. Seize ans!

Monsieur Gilbert approuve de la tête. Tu me regardes, étonné. Se peut-il qu'elle ait déjà seize ans? interrogent tes yeux à travers les broussailles des sourcils.

— Tes petits-enfants ont vieilli comme nous tous. Tu les as rencontrés, tu le sais bien, à la mort de maman. Même ceux de Vincent que tu voyais pour la première fois. Leur âge, tu dois l'avoir deviné, si tu les as regardés!

Un geste discret de monsieur Gilbert m'incite à ne pas élever la voix. Pourtant, la colère gronde en moi au souvenir des heures vécues au salon funéraire devant ton incompréhensible absence face à tes petits-enfants qui s'efforçaient de te rejoindre par des gestes d'affection que tu semblais dédaigner. Ton attitude momifiée en présence de Vincent qui avait voulu sceller la paix avec toi, après toutes ces années, selon la demande très humble de maman, lors de sa dernière visite auprès d'elle. Et Catherine qui venait vers toi dans sa tendresse craintive. J'aurais voulu hurler à la voir fondre en larmes devant le double chagrin de la mort de maman et de la froideur de son père, elle qui te serrait très fort dans ses bras.

Négligeant le pain grillé que tu t'efforces de manger, tu me regardes avec des yeux qui ne cillent pas.

— Curieux, mon garçon, que tu ne te trompes jamais!

Ta remarque me décontenance et frappe au-delà de ma colère silencieuse. Elle anéantit d'un coup une certitude cultivée depuis la mort de maman. Et si l'indifférence qu'on avait cru déceler chez toi masquait ton désarroi de savoir ta solitude irrémédiable? Elle t'excluait désormais d'un amour qui t'avait nourri malgré toi, à travers toutes ces années auprès d'elle. Se pourrait-il que sa perte t'ait bouleversé à ce point que tout le reste comptât pour si peu? Et si là résidait une vérité méconnue de nous tous?

Tes mains croisées sur la nappe blanche s'efforcent de ne pas trembler. Je sais que tu n'oses plus toucher à la tasse de café, honteux de la disgrâce de ta vieillesse. Qui suis-je pour t'avoir jugé à travers l'apparence d'une attitude peut-être trompeuse? Et si tu avais refusé l'exhibition de sentiments d'affection envers tes enfants et petits-enfants, tout entier emmuré dans la douleur qui déferlait en toi? Ai-je le droit de t'accuser d'indifférence ou d'égoïsme, moi qui sais si peu de toi?

Le solide appétit de monsieur Gilbert a vite englouti deux œufs et quelques tranches de pain grillé. Mal à l'aise, il s'est carré dans sa chaise. Ses yeux me fixent avec insistance. J'y lis la tristesse et une muette interrogation.

— T'as mangé comme un oiseau, Charles. Force-toi un peu. T'as besoin d'énergie pour les courses, tout à l'heure.

Sa voix légèrement inquiète me rejette soudain très loin dans le passé. « Il n'a jamais pardonné à la vie d'avoir perdu sa mère à douze ans », me confiait-il au camp de Price Brothers. J'entends en écho le même murmure : « Si l'enfant d'autrefois vivait l'amère dérision d'avoir tout perdu encore une fois? »

— Ton café est froid, papa. Ton ami a raison, il faut manger.

La douceur de ma voix te surprend. Je voudrais tellement que tu oublies tes mains tremblantes et mon regard que tu crois impitoyable. Bois comme autrefois le café brûlant qu'Hélène verse dans une tasse nouvelle. Je ris du bruit de succion bruyant qui nous déplaisait tant et qui couvre la lecture à mi-voix de la liste d'épicerie qui disparaît dans la grosse main de monsieur Gilbert.

*

J'écoute de la galerie le départ de la camionnette que conduit monsieur Gilbert. La casquette de baseball des Yankees enserre sa tête, ébouriffe ses cheveux. À ses côtés, tu flottes dans un tricot de laine foncée. Ton chapeau te vieillit.

— Attends-nous! On revient bientôt, lance le conducteur, tandis que, résigné, tu soulèves les épaules.

Désœuvré, j'erre dans la maison. Je monte l'escalier vers ma chambre. Sur le palier, j'avance vers celle de droite que j'hésite à ouvrir. Enfants, nous ne pouvions pénétrer sans une permission spéciale dans la chambre des parents, si mystérieuse! L'odeur légère du lilas me rappelle le parfum de maman. Elle était dans le fauteuil, près de la fenêtre où je l'avais vue la dernière fois, si pâle et décharnée dans la robe de chambre qui recouvrait sa maigreur. Et toi, qui ne la quittais pas. Ton visage fermé. À quoi pensais-tu?

J'abandonne la poignée par pudeur, peut-être, ou peur d'avoir mal.

De la cuisine me parvient le bruit discret de la vaisselle qu'on dépose dans l'armoire. À la radio, Richard Desjardins chante *Tu m'aimes-tu?* Je me verse machinalement le reste de café et m'assois près de la large baie qui regarde la rivière. Je m'accoude à la petite table qui servait à vos repas. Hélène pèle des pommes de terre.

— Tu viens souvent ici?
— Trois fois par semaine. Plus le samedi, avec grand-papa, pour le ménage et le dîner à préparer.

Elle répond d'une voix posée et sourit de ma surprise que je n'ai pu réprimer.

— J'ai remplacé une dame qui n'a pu s'y faire. Moi, j'aime bien. Votre père est tellement généreux! Vous savez, je suis la plus vieille de quatre enfants et mes études au Collège...

Elle marque une légère hésitation, avant de continuer.

— Au début, ça n'a pas été facile. Je me suis raisonnée. J'ai compris le chagrin de monsieur Bilodeau. Et puis, une inconnue qui se promenait et fouillait dans sa maison, ça l'embêtait. Une jeune fille, en plus!

Son rire plisse ses yeux. Elle va au-devant de ma question.

— On s'est apprivoisés maintenant, je crois.

— Mon père, c'est un ours? ai-je laissé tomber pour sonder sa pensée.

— Les premières semaines, quand j'arrivais, il se terrait dans sa chambre jusqu'à ce que je frappe à sa porte pour le souper.

Elle interrompt son travail, absorbée par les taches dansantes du soleil sur le plancher et me regarde, indécise.

— Et puis?

— Lorraine, votre sœur, m'avait demandé de lui faire prendre ses deux pilules avant le repas. Je les plaçais dans son assiette avec un verre d'eau. Il s'est fâché un soir, m'a crié je ne sais quoi, puis a jeté les pilules au bout de son bras. J'ai pris mon manteau et je suis partie. J'essayais tant bien que mal d'étudier durant la soirée. Vers neuf heures, votre père téléphonait. « Hélène... je voudrais m'excuser... pour ma conduite... Si tu ne viens plus, je comprendrai, mais... » « Bien sûr que je vais revenir », que je lui ai répondu. Qu'il tienne à moi, ça m'a fait oublier toute ma peine. Pauvre monsieur Bilodeau! Il ne doit pas s'être excusé souvent dans sa vie! Depuis ce temps, on est des amis. Il lui arrive même de rire avec moi.

Elle va et vient dans la cuisine, à l'aise dans son royaume. Sur le comptoir, des feuilles de recettes écrites à la main.

— Qu'est-ce que tu nous prépares pour le dîner?

— Un poulet. Monsieur Bilodeau aime beaucoup la préparation de maman. J'essaie de varier ses menus. Il mange si peu, votre père! J'accepte quelquefois son invitation à souper avec grand-papa. Quand j'arrive tôt l'après-midi, il est content, mais cherche à le cacher. Moi, je sais qu'il aime ma présence, confie-t-elle, avec une simplicité désarmante.

Sa spontanéité, après t'avoir déconcerté sans doute, a dû te plaire et te rappeler l'étrange ressemblance d'Hélène et de Catherine. Même figure ronde aux cheveux frisés, mêmes yeux verts rieurs, même franchise brutale qui a brisé ta fille après sa fugue.

Le visage d'Hélène se rembrunit.

— Votre père est si seul! Ce ne sont pas des amis les gens qui frappent à sa porte quelquefois. Oh là là! ils passent presque tous un vilain quart d'heure! Après ces visites, il s'enferme presque toujours dans sa chambre et ne revient que pour se mettre à table. Il semble préoccupé et pas content de lui.

— Et ton grand-père?

— Je pense qu'il aide monsieur Bilodeau à vivre. Comment ces deux-là peuvent être amis? Grand-papa, c'est un amour, un grand livre ouvert. Votre père, tout est mystère chez lui. Pas pour son ami qui a appris à le déchiffrer, à lire en lui parce qu'il l'aime et le connaît depuis si longtemps. Bien sûr qu'ils se chicanent. C'est juste drôle. Votre père se renfrogne et boude jusqu'à ce que grand-papa lui dise qu'il est un imbécile. Alors, il sourit. Un petit sourire de rien du tout. Ils se réconcilient pour recommencer à se quereller un peu plus tard. Je me demande si ce n'est pas devenu un jeu. Comme mes deux petits frères qui ont besoin de se chamailler quelquefois.

Nous rions tous les deux de cette dernière répartie.

— Vous trouvez que je parle trop? Mes amies me le répètent souvent.

— Mais non, Hélène.

Ses paroles m'étourdissent et m'émeuvent aussi par leur perspicacité.

— Tu l'aimes, toi aussi, comme ton grand-père?

Elle me regarde, soudain sérieuse. Elle réplique, d'une voix changée :

— Bien sûr! Il est tellement démuni, tout seul dans son désert. Votre père, on dirait qu'il a peur de se faire aimer et d'être heureux.

Chapitre 5

Le dîner terminé, tu te réfugies dans ta chambre pour la sieste, vieille habitude chez toi d'aussi loin que je me souvienne. Monsieur Gilbert m'entraîne vers la rivière de mon enfance, dégagée de ses billots. Une terrasse au bout de la rue et un chemin de pierre longe ses bords vers la rue Fontaine. Au loin, des voiliers comme de gros papillons.

Malgré le soleil, un vent frisquet nous force à marcher d'un pas vif. Je me tais, surpris d'habiter maintenant comme un étranger dans des lieux tapageurs, bariolés de couleurs criardes. Tout y est lisse, propre, d'une élégance de parvenus.

Dans le bocage où nichaient des oiseaux à crête rouge, il ne reste que quelques pins immenses. Des bancs sont vissés dans le béton. Tu envoyais Lorraine nous chercher quand nous traînions sur la grève. Dans nos maillots de bain, nous prenions le raccourci à travers le champ, derrière la maison, inquiets de notre retard et de ton silence à notre arrivée.

Près de la rivière, nous nous assoyons dans l'herbe. Le talus nous protège du vent.

— Papa parle un anglais presque sans accent. On se demandait, nous les enfants, quand il l'avait appris. Et cette familiarité avec les patrons de Price Brothers dont les habitudes lui paraissaient naturelles.

Monsieur Gilbert se tait. Il jette des cailloux dans l'eau et regarde fixement les ronds s'égarer en vagues légères.

— J'ai su, il y a quelques années, qu'il avait vécu aux États-Unis. Vous étiez au courant?

— La vie de ton père, j'ai vécu dedans!

— Et alors?

Il se lève, s'approche de la rivière, se rassoit en rajustant sa casquette.

— Au camp de Price Brothers, je t'avais raconté un bout de la vie de ton père. Je t'avais dit aussi qu'un jour, tu connaîtrais toute la vérité.

— Je n'ai jamais oublié votre promesse... Quand je vous ai annoncé mon arrivée, votre voix a hésité au téléphone. Vous craigniez ma venue?

— Un peu. Tu venais pour savoir!

Je ressens son hésitation, sa peur de te trahir et en même temps le besoin irrépressible de dévoiler des pans entiers de ta vie et de la sienne imbriquée à la tienne, qu'il lui pèse de garder pour lui seul. Mon voyage vers toi, il sait que je l'accomplis vers lui, ton ami de toujours, qui possède les clés qui nous libéreront peut-être. Dans le silence qui se prolonge monte du plus profond de moi-même l'espoir insensé que les secrets de ta vie enfin découverts me rendront plus vulnérable, plus humain l'être inaccessible que tu es à mes yeux. Si, dans ton nouveau visage, Vincent et Catherine reconnaissaient les traces cachées de l'amour? Vous trois enfin réconciliés!

J'attends, anxieux, que sa voix de basse raconte le passé d'un inconnu, toi, mon père. Tu surgiras peut-être de sa mémoire comme une île du brouillard.

— La vie de ton père, André, c'est une longue histoire pas très gaie. Tu connais déjà son enfance qui a basculé avec la mort de sa mère. À vingt-sept ans, ton père était riche, mais détesté. Plusieurs des anciens cultivateurs, autrefois ses voisins, le poursuivaient pour fraude devant les tribunaux. Ceux qui lui devaient de l'argent le trouvaient dur, intraitable. Comment a-t-il pu écouter le maire de l'époque qui souhaitait son élection à un poste d'échevin? Une folie dans laquelle il s'est lancé à corps perdu. Comment expliquer une pareille naïveté? L'ambition, le désir de s'enrichir? Je ne crois pas. Est-ce qu'il cherchait à se faire pardonner, à se racheter? Il me parlait de son désir d'aider ses concitoyens, me proposait ses plans de gestion de la ville. Pas moyen de le ramener à la raison : « Charles, toi, échevin? T'as aucune chance de passer à cause de ton âge, de ton inexpérience. T'as trop d'ennemis. Tu t'en vas vers une raclée. » Un soir, dans une salle pleine à craquer, il avait essayé de parler, sans succès. On l'avait chahuté, ridiculisé. Deux gars de Ti-Dé Lalancette, à qui il avait acheté la terre pour presque rien, l'avaient frappé à la sortie. Il recevait des lettres de menaces; on riait de lui en pleine rue. Je n'ai jamais compris son inconscience de continuer à tout prix. Le jour des élections, il a été balayé. Il s'est réveillé amer, déçu, avec le sentiment d'injustice des gens contre lui. Durant des jours, il s'est enfermé dans la maison qu'il s'était fait construire et qui flambera comme une boîte d'allumettes, six mois plus tard. L'épicier Maltais, le lendemain, me disait à mi-voix que des bidons de pétrole avaient été découverts au coin de la galerie et dans la dépense, en arrière. J'étais le seul à le rencontrer. Des amis, André, ton père n'en avait pas. Oublie les membres de sa famille qui l'avaient rejeté depuis plusieurs années. Curieusement, il s'en était presque réjoui : « Des vraies sangsues qui me quémandaient sans cesse de l'argent. Bon débarras! » Très jeune, ses études et son ambition d'arriver, sa peur bleue de la pauvreté l'avaient pour toujours éloigné d'un milieu qu'il dédaignait. Je lui avais appris la mort de son père, après l'un de ses voyages à Québec. Il en avait été très peiné, j'en suis sûr, mais avait encaissé sans rien laisser paraître. Rencontrer sa famille, il n'en était pas question! Je l'ai retrouvé dans la cuisine, les coudes appuyés sur la table encombrée de papiers. Il se levait, ouvrait les portes du salon et marchait, mains derrière le dos : « Écoute-moi, Charles! T'as pas été élu échevin? Et après? » J'essayais de dégonfler sa colère et de ramener son échec à sa juste proportion. Mais l'humiliation l'avait atteint au cœur. Je suis revenu à la maison. Mariette attendait notre deuxième et m'en voulait un peu de la délaisser pour un homme qu'elle ne comprenait pas. Durant la nuit, je passais des heures sans dormir à retrouver les longs silences entre nous, à chercher sur son visage la hargne qui ne le quittait pas. Il semblait trouver un étrange plaisir, qui l'exaltait, à rabâcher son humiliation. Pourvu que la colère qu'il laissait fermenter n'éclate pas! Elle allait bientôt frapper des êtres sans défense, aveugle comme un brasier.

*

Un groupe d'enfants, qu'accompagnent deux jeunes filles, s'amusent dans le parc près de nous. Le vent a baissé et ride la rivière. Monsieur Gilbert a dénoué ses longues jambes et marche pour se dégourdir, puis reprend son immobilité. Sa voix profonde retrouve son débit monotone qu'un souvenir plus vif charge quelquefois d'une émotion voilée.

Je pars pour quelques mois, lui avais-tu écrit sur une feuille déposée dans la boîte aux lettres. Peux-tu voir à la maison et garder le courrier? Charles.

— Il n'avait laissé aucune adresse pour lui faire parvenir sa correspondance. Je la lui expédiais par paquets au Château Frontenac où je savais qu'il habitait à l'occasion, me dit monsieur Gilbert.

La vie avait repris son cours, avec l'hiver et les semences du printemps. Il avait renvoyé son engagé. Les temps étaient durs et l'argent si rare! Un de ses voisins t'avait rencontré deux mois après l'incendie de ta maison, pour te rembourser la moitié d'une dette. Tu avais refusé.

— Y'm'a obligé à lui remettre le bout d'ma terre qui fait le coin entre le rang Saint-Jean-Baptiste et le rang Saint-Benoît. Y'l'emportera pas en paradis, le sacrament! tonnait le pauvre homme, au bord des larmes, qui avait ajouté que Jos Bradet, le huissier assis à votre table, était « une vraie charogne ».

Une rumeur persistante courait qu'il te servait de prête-nom pour ramasser les créances insolvables de commerces et de maisons rachetées pour une bouchée de pain. Ton ami n'osait croire que les derniers soubresauts de la crise de 1929 t'aidaient à profiter de « la misère du pauvre monde », avant d'ajouter qu'il avait appris que tu avais écumé plusieurs villages autour de Québec, achetant à vil prix plusieurs commerces et un hôtel. Tu vendrais quelques années plus tard, engrangeant de forts bénéfices.

Tes relations d'affaires s'étendaient. N'avais-tu pas rencontré, au Château Frontenac, un riche Américain dont le fils tuberculeux séjournait au sanatorium du lac Edouard? Il espérait que la pureté de l'air, le climat très sec et les soins des religieuses le ramèneraient à la santé. Il t'avait demandé de lui trouver un architecte et un entrepreneur qui lui construiraient une maison confortable, non loin de son fils unique.

Du printemps à la fin de l'été, tu avais suivi minutieusement les travaux d'une maison qui prenait les dimensions d'un manoir en bois rond dont les formes élégantes humanisaient la sauvage beauté du lac et de la forêt tout autour. Quand le train de Ted Cury était entré en gare, le gardien l'avait conduit à la villa. Tu attendais l'Américain et ses invités sur les marches de la véranda. « Voici les clefs de votre home », lui avais-tu dit.

Ted Cury, de retour d'une visite auprès de son fils, avait voulu payer tes honoraires. Tu avais refusé.

— Ton père ne m'a jamais entretenu de cette rencontre, André. L'Américain me confiera ce secret, quelques années plus tard.

— Mais pourquoi avait-il refusé?

La question ne surprend pas monsieur Gilbert. Il enlève sa casquette, passe ses doigts dans ses cheveux en un geste familier et reprend, les yeux fixés sur ses mains tachées de son :

— Peut-être que la solitude et le calme de la forêt ont agi sur son désarroi et sa rage d'en vouloir à tout le monde. Sa vie, tu sais, le dégoûtait à l'époque. Il n'en parlait pas, mais sa gêne de marcher dans la rue, sa honte qu'il tournait en bravade quand il rencontrait un ancien du rang Saint-Benoît, ne trompaient pas.

— Qui sait si le drame de Ted ne lui a pas rappelé son propre drame à lui, quand sa mère est morte de tuberculose? ai-je ajouté, insatisfait cependant des explications formulées.

Son désintéressement avait conquis Ted, l'homme d'affaires. À partir de ce jour, il s'était attaché à Charles pour le meilleur et pour le pire.

DEUXIÈME PARTIE

Chapitre 6

Deux ans plus tard, un soir de fin d'été, tu t'étais assis sur la galerie de la maison de pierre de ton ami, dans le rang Saint-Benoît. Près de la grange, il avait laissé le chariot où le foin tassé pendait de chaque côté des ridelles, avait dételé et fait boire les chevaux. Il était entré dans la cuisine sans te regarder, pour se laver et changer de chemise. Puis il était allé vers toi, s'était assis sur une chaise de la galerie.

— Bonjour, Hervé, avais-tu dit, à mi-voix.
— Bonjour, d'la visite rare!

Un silence lourd était tombé entre vous. Monsieur Gilbert regardait l'ombre violette envelopper les bottes de foin éparpillées dans le champ. Il avait ajouté :

— Charles, on n'a plus rien à se dire! Excuse-moi, faut que j'aille me coucher. J'ai une grosse journée, demain.

En montant l'escalier, il avait vu la Ford de Noël Simard pénétrer dans la cour et te prendre à son bord. Tu savais donc que ta visite serait brève! Ton ami s'en était voulu de ne pas être allé au-devant de ton désir de renouer avec lui, toi si avare de mots qui expriment les mouvements du cœur. Il avait mal dormi, partagé entre le ressentiment et la pitié mêlée de tendresse envers toi.

Le lendemain soir, samedi, en revenant de courses en ville, il t'avait retrouvé au même endroit.

— T'as de la suite dans les idées! avait-il dit, mi-
sérieux.

— Fallait que je te voie, Hervé.

De nouveau, le silence entre vous était interrompu
par le pépiement des étourneaux qui s'étaient abattus
sur le champ fraîchement fauché. Tu avais repris :

— Je voudrais que tu me serves de témoin.

— Quoi? Te servir de témoin? avait interrogé ton
ami, inquiet d'une telle demande.

— Je me marie.

Je demeure stupéfait, consterné, sans voix, alors qu'à
mes tempes, je sens battre mon sang à coups redoublés.
La voix de basse, inexorable, continue la suite des
souvenirs qui me bouleversent par leur incongruité,
comme si ces événements inconnus appartenaient à
quelqu'un d'autre que toi.

Le vieil homme, assis près de moi, reprend tes
paroles qui ressuscitent, quarante-neuf ans plus tard,
deux personnages, mon père, âgé de vingt-huit ans et
une jeune femme, dont il est amoureux.

J'écoute, transi, malgré le soleil, les épisodes d'un
roman d'amour dont tu es le héros. « Est-ce possible? »
me dis-je, non sans ironie.

*

Ta vie avait basculé un soir de printemps très doux,
ce quinze mai 1937, quand tu l'avais croisée sur la
Terrasse Dufferin, non loin du Château Frontenac. Elle
s'était arrêtée près de toi pour s'appuyer au parapet. En
bas, coulait le fleuve Saint-Laurent qui charriait les
lumières des villages d'en face :

— C'est bien l'île d'Orléans, là-bas? avait-elle demandé.

Tu t'étais tourné vers elle, surpris du léger accent de sa voix.

— Oui.

Toi, si peu bavard, tu t'étais enhardi à parler de l'histoire de l'Île, berceau de tes ancêtres. Tu avais trouvé les mots pour décrire sa beauté, la gentillesse de ses habitants et tu avais formulé le vœu qu'elle visite ses petits villages et ses vieilles maisons.

Elle t'avait salué avant de rejoindre un monsieur assez âgé qui l'attendait parmi la foule bruyante. Tu étais retourné lentement vers la Grande-Allée, insensible à la gaieté des promeneurs et aux arômes qui s'échappaient des restaurants. Te hanteraient désormais la beauté rieuse de son visage et le charme discret qu'elle dégageait. Madame Thompson, la vieille dame irlandaise où tu habitais, avait levé les yeux de son livre, à ton arrivée. Elle ne parlait qu'anglais avec toi et te reprenait à l'occasion. La discipline de fer que tu t'étais imposée pour parfaire cette seconde langue : lectures nombreuses, rencontres assidues des amis de ta logeuse, heure quotidienne de cours avec un jeune professeur, avait porté ses fruits durant les huit derniers mois, trêve obligée d'un horaire autrefois si chargé. Tu n'en avais pas pour autant négligé tes affaires qui auraient pris un autre essor si tu avais voulu t'engager avec Ted Cury. Mais tu avais refusé jusqu'à ce jour, trouvant encombrante son amitié.

Selon ton habitude, dès sept heures trente le lendemain matin, tu avais acheté deux journaux au kiosque du Château Frontenac. Tu avais lu, debout, les grands titres de *L'Action catholique*. Bien calé dans un fauteuil de cuir du hall, tu avais ensuite déployé le *Boston Globe*, mais tu ne parvenais pas à te concentrer, envahi par l'image de la jeune fille rencontrée la veille. Tu avais abandonné ta lecture, agacé par un sentiment nouveau dont tu ignorais le nom.

Tu avais entamé ton petit déjeuner, distrait par la fébrilité des serveurs et le rire indiscret de tes voisins de table, deux Américains aux costumes bigarrés.

Tu t'étais soudain levé comme un ressort :

— Bonjour, mademoiselle. Vous avez bien dormi? avais-tu prononcé comme un automate.

— Oui, monsieur! Une nuit merveilleuse qui m'a reposée du voyage.

Elle était là, sa petite main dans la tienne, qui te souhaitait le bonjour. Ses yeux verts riaient.

— Mon père, avait-elle ajouté, en présentant un monsieur aux tempes grises qui parlait français.

— Heureux de vous connaître. Bien entendu, vous déjeunez à ma table.

Galant, tu avais reculé sa chaise pour la faire asseoir.

Un sentiment d'irréalité te submergeait. Sa voix perlée tintait à tes oreilles, comme en un rêve. Elle s'appelait Évelyn Laforest et habitait, depuis l'âge de six ans, à Lowell. Comme beaucoup de Canadiens français, sa famille avait émigré, quittant le village de Portneuf. Un petit commerce assez prospère sur la rue principale de Lowell, racontait un monsieur Laforest timide, avait remplacé sa terre et les chantiers, l'hiver.

Tu avais peu mangé, trop absorbé par la présence radieuse de la jeune femme. Pour la première fois sans doute de ta vie, tu écoutais, ému, emporté sans savoir pourquoi, par une gratitude naïve. Tu avais entendu battre douloureusement ton cœur quand son père avait annoncé leur départ dans deux jours, pour les États.

— Pas avant d'avoir visité l'île d'Orléans, avait-elle aussitôt ajouté.
— Je compte bien vous y servir de guide, avais-tu renchéri, si vous le désirez.

Elle avait posé sa main sur la tienne pour te remercier. Le rendez-vous avait été fixé à dix heures, le lendemain, en face du Château.

— Vous y serez, Évelyn? avaient interrogé tes yeux.
— À dix heures. Promis, Charles! avait-elle répondu, en un murmure.

Tôt le matin, tu avais commandé un casse-croûte pour quatre personnes, aux cuisines de l'hôtel. Tu t'étais trouvé ridicule de marcher si vite, puis de courir sur la Grande-Allée vers le garage de madame Thompson où reposait ta Ford. Un homme élégant, avec casquette, veste légère et pantalon écossais, assis au volant d'une voiture rutilante, attendait les deux visiteurs. Sur la banquette arrière, reposait le panier à provisions.

— Cette description fantaisiste de papa, vous l'avez inventée, monsieur Gilbert! Comme aussi une foule de détails qu'il ne se serait pas permis de dévoiler, lui, tellement réservé et qui déteste les épanchements. Revenez au récit réel du mois d'août 1937, raconté par papa sur la galerie de votre maison, dis-je avec humeur.

Ma remarque ne désarçonne pas ton ami. Oui, sans doute, le portrait tracé de toi était romancé, comme aussi certains détails de votre rencontre. Ces quelques souvenirs heureux qu'il me raconte proviennent-ils de

Charles, d'Évelyn, de monsieur Laforest ou de lui-même? Comment attribuer à l'une ou à l'autre personne les reliques du passé qu'il s'efforce de faire revivre? Pour moi seul, il relie les fils de conversations éparses à travers le temps. Sa mémoire, infidèle, ajoute-t-elle sa touche à l'ensemble? « Ça n'a pas d'importance », me répète-t-il. La vérité d'un bonheur fugace qui t'a porté surnage à travers ton histoire. Dans ta vie aride, seule compte maintenant cette halte heureuse de ton premier amour.

Je ne sais que répondre. Imperturbable, il reprend là où je l'ai interrompu.

Tu avais conduit la voiture à travers les rues du vieux Québec. Tout chantait autour de toi et te rendait heureux : le soleil de mai, la brise légère qui soufflait par les fenêtres de l'auto, le corps d'Évelyn tout près, dans sa longue robe bleu pâle. Québec s'éloignait. Tu expliquais la basse et la haute ville où dominait le Château Frontenac. Tu racontais avec verve ce que tes promenades solitaires dans ses rues avaient entrevu de beautés et d'histoire depuis tous ces mois après ton départ du Saguenay. Grâce à la jeune femme, tu découvrais ton amour pour cette ville.

Tu avais suivi la route vers Sainte-Anne-de-Beaupré, fait admirer les chutes Montmorency. La Ford s'était engagée sur le pont qui enjambait le fleuve Saint-Laurent et qui avait remplacé le Champion, ce bateau que tu avais pris quelques années plus tôt. Tu avais garé ton auto au village de Sainte-Pétronille, et offert au guide le double de la course afin qu'il te laissât pour quelques heures son boghei et la jument. Il n'avait pas à craindre, tu étais né sur une ferme. Alors... il avait refusé ta demande, la trouvant ridicule, mais tu avais discuté ferme afin de le convaincre. Il avait fini par accepter non sans multiplier les recommandations.

Évelyn croyait vivre un rêve. Tu vivais le tien à travers elle, assise sur le siège avant, selon le désir de son père.

Tout l'enchantait : la rue étroite qui traversait le village de Saint-Jean et les maisons si près qu'elle pouvait les toucher, disait-elle. Elle admirait leurs galeries, leurs pignons ouvragés, la couleur variée de chacune, où le blanc dominait. Le soleil inondait les toitures. Elle goûtait la douceur de vivre des gens.

À Saint-Laurent, vous vous étiez arrêtés à l'église que vous aviez visitée. Monsieur Laforest et sa fille s'étaient recueillis. Tu les avais attendus, près du bénitier, attentif à la nuque ployée, au petit chapeau sur des cheveux rebelles. Au cimetière tout près, dormaient ton grand-père Albert et sa femme Mélina, Hubert et Josaphat, les grands-oncles. Le fleuve dorait ses vagues.

La jument, Nelly, avait monté péniblement la côte abrupte du Mitan. Une surprise vous attendait. Toi-même, tu n'avais jamais vu au mois de mai les pommiers en fleurs de l'île d'Orléans. Au loin, les nuages basculaient dans le ciel.

Tu avais aidé Évelyn à descendre de voiture et tu avais gardé un moment sa main toute petite dans la tienne. Son père, gêné, dira-t-il plus tard, de trop de bienveillance de ta part, ne s'habituait pas à ton empressement, comme d'un vêtement qui ne te convenait pas.

Elle avait déployé la nappe de lin et commencé à servir pâtés, bouchées de poulet, rillettes, jambon, salades. Elle admirait l'abondance et la richesse d'un tel dîner, mais craignait la perte de nourriture. « Notre vie est simple, Charles, et nous ne sommes pas habitués à tant de générosité », avait dit monsieur Laforest, qui mordait à belles dents dans un petit four.

Il avait raconté leurs premières années d'exil, le travail à l'usine de textile avec deux de ses fils et de sa fille plus âgée. Quatre ans plus tard, grâce à leurs économies et à la vente de sa terre et des animaux, il avait ouvert un commerce sur la rue principale de Lowell.

La chance lui avait souri. Il avait gagné une bonne clientèle de compatriotes franco-américains surtout, et d'Américains de plus en plus nombreux qui venaient des campagnes tout autour de la ville.

Sa femme et lui pouvaient voir l'avenir sans l'angoisse d'autrefois. Trois enfants mariés, Évelyn, professeure depuis deux ans dans un high-school. Le dernier entrerait bientôt à l'université.

— Et vous? avait-elle demandé ingénument.

Tu avais levé les épaules et continué à manger le sandwich qu'elle t'avait préparé. Elle avait été mortifiée par ta désinvolture, croyait-elle, alors qu'elle ignorait que tu n'aurais pu trouver les mots qui te révéleraient, toi qui n'avais jamais appris à te dire. Comment parler d'une famille que tu vomissais? De la honte d'un passé que tu fuyais, mais ne regrettais pas? Ces instants de grâce que tu vivais, où tout aurait été possible dans la découverte de toi-même, auprès de la jeune femme avide de te connaître, tu savais maintenant qu'ils ne reviendraient plus jamais. Ton silence avait assombri la douceur heureuse que vous partagiez.

— Ne m'en voulez pas, Évelyn. Mon passé, vous savez!

Tu avais ouvert les mains dans un geste de tout jeter en l'air. Elle t'avait regardé longuement, cherchant à te retrouver au-delà de ton silence. Elle avait souri pour essayer de cacher la fêlure d'un jour ensoleillé. Tu t'étais évertué tout au long du retour à la rejoindre par delà la blessure qu'elle ne pouvait oublier. Mais tes efforts un peu appuyés pour qu'elle regagnât sa gaieté insouciante ne pouvaient compenser ton refus obstiné de l'introduire à la vérité de ta vie. T'ouvrir à elle, tu n'en étais pas capable. Par contre, tu savais maintenant que tu pouvais tout prendre dans l'offrande d'elle-même, son passé, son présent, son avenir.

À la fin de l'après-midi, tu les avais déposés en face du Château avec la promesse d'une visite du vieux Québec, durant la soirée. Évelyn t'accompagnerait. Son père s'était récusé, prétextant la fatigue. Avant de franchir la lourde porte, elle s'était retournée, et de sa main ouverte t'avait envoyé un baiser.

Tu avais écourté la visite du jeune professeur d'anglais ainsi que le repas au Clarendon. Les heures loin d'elle t'avaient semblé interminables. Tu avais fait les cent pas devant l'hôtel, puis dans le hall. Si elle ne revenait pas? Peut-être éconduirait-elle un homme qui refusait de se dévoiler? Tu trouvais ridicule ton anxiété et le besoin inquiet de la retrouver, toi l'homme si loin, te semblait-il, des émois juvéniles.

Mais voilà que tout revivait, le soleil couchant sur le fleuve, le rire des passants, l'éclat lumineux d'un être unique qui descendait les marches du perron. Elle était là, dans un costume tailleur, une longue jupe et des bottines qui montaient au-dessus des chevilles. Elle avait tourné sur elle-même : « Vous aimez? » avait-elle demandé, incertaine de ta réaction. Tu avais enfermé ses deux mains dans les tiennes et les avais embrassées. « Comme j'avais hâte de vous retrouver, mon ami! » Pour toute réponse, tu l'avais pressée contre toi. Vous aviez rejoint la rue Saint-Jean et marché parmi le flot ininterrompu des promeneurs. Tu avais par bribes parlé de toi, assez, croyais-tu, pour qu'elle te comprenne. Si peu, pensait-elle, n'osant t'interroger plus avant, par crainte d'une rebuffade.

Elle avait raconté son enfance de déracinée, le difficile apprentissage d'un pays inconnu, ses années de pensionnat à Burlington, en butte aux railleries fréquentes, elle, l'étrangère. Elle se disait franco-américaine, tiraillée entre deux langues et deux cultures.

Combien de temps sa communauté pourrait-elle tenir l'impossible pari de sauver son âme française? Et ses enfants? Elle avait répété, tourné vers toi : « Et mes enfants? » Tu avais baissé les yeux, incapable de répondre, alors que ton cœur battait à tout rompre. Dans la nuit très douce de mai, avant de la reconduire aux portes du Château Frontenac, tu l'avais attirée vers toi pour embrasser ses yeux et sa bouche qu'elle t'avait offerte, comme un don. Elle n'avait pas voulu entrer tout de suite retrouver son père. Vous vous étiez assis sur un banc du petit parc près de la Terrasse Dufferin.

Au loin, sur le fleuve, le clignotement de lumières annonçait la lente marche des navires parmi des fragments de lune. Ton bras encerclait ses épaules en un geste dont tu percevais la gaucherie. Tu n'osais remuer de peur de ne plus sentir la rondeur de son épaule et sa main qui effleurait la tienne. Tu l'écoutais et ses paroles reprenaient celles que tu n'osais exprimer. Ces heures trop brèves avaient tout bouleversé en elle : sa jeunesse insouciante, l'harmonie d'un présent qui la satisfaisait, le besoin de liberté de ses vingt-deux ans. Elle appréhendait de ne plus te revoir. Comment te dire qu'elle t'aimait déjà, alors que tout était si nouveau et qu'elle était incertaine des mouvements de son cœur, incertaine de toi et de ta vie? « Et toi, Charles? » avait-elle insisté. Son besoin de savoir l'avait emporté sur la crainte d'un refus. Tu t'écoutais, surpris, lui dire que tu ignorais ce qui t'arrivait, dérouté par la peur de l'aimer, même si tu ignorais ce mot.

Vous vous étiez retrouvés debout. Évelyn avait appuyé sa tête sur ton épaule. Tu l'avais serrée très fort. En riant, elle s'était écriée : « Tu me fais mal! » Tu l'avais vue disparaître comme un rêve, derrière la lourde porte.

Tu avais marché lentement dans la nuit, partagé entre la secrète irritation d'une aventure que tu ne contrôlais

82

pas et le bonheur de ne plus être seul. Où te porterait l'avenir? La question t'avait surpris. Tu avais haussé les épaules. « Un avenir, j'en ai un, peut-être », disait une voix que tu ne connaissais pas.

Dans le petit matin, tu les avais conduits dans ta voiture, à la gare du Palais. Évelyn avait cherché à combler le silence, puis s'était tue, brisée par un sanglot. Toi qui détestais l'attente des départs, tu étais resté figé sur le quai de la gare, attentif au visage anxieux d'Évelyn, à la fenêtre du wagon. Son sourire s'était épanoui comme une fleur quand elle avait entendu ta voix crier dans le sifflement du train : « Attends-moi dans quinze jours, à Lowell. »

*

Tu l'avais vite reconnue chaque fois, disais-tu à ton ami. Elle était dans la foule qui parlait toutes les langues et qui se pressait à la gare américaine : « Je porterai un petit chapeau, un bibi vert » ou « Cherche une rose dans les cheveux d'une jolie femme » ou encore « J'aurai au-dessus de la tête un ballon rouge », écrivait-elle, avant chacun de tes départs pour la rejoindre. Sur le ballon, tu avais lu MY LOVE écrit en lettres blanches.

Vous n'aviez pas vu tourner les heures durant cette fameuse soirée sur la galerie de la maison du rang Saint-Benoît. Vers minuit, un enfant avait pleuré, puis s'était tu. Monsieur Gilbert savait que sa femme l'avait rendormi. Quelque temps après, il avait entendu son pas dans la cuisine à demi éclairée. Elle leur avait préparé du café.

Tout ce temps à t'écouter parler d'une femme, Évelyn, lui qui te croyait incapable d'aimer. T'avait-elle transformé et avait-elle bouleversé tes habitudes, comme tu le croyais? Toi qui t'exprimais si peu auparavant, tu avais submergé ton ami de tant de paroles qu'il s'était persuadé de ta vérité, celle d'une femme qui avait trouvé le chemin de ton cœur et de ta vie.

Hervé avait enfin accepté de te servir de témoin à ton mariage du bout du monde.

Chapitre 7

À la gare Windsor, tu l'attendais pour le conduire dans les meilleurs magasins de Montréal, à la recherche d'une garde-robe nouvelle. Malgré ses refus souvent répétés, tu avais tout choisi, même ses chaussettes.

— J'avais l'air d'un clown, André, avec le chapeau melon, les gants de chevreau, l'habit de dernière mode qui ne m'allait pas du tout, moi l'habitant de six pieds et deux, avec ses épaules de boxeur! Ton père était survolté. J'étais entre ses mains comme une marionnette agitée en tous sens. Je regrettais déjà ma vie tranquille sur la ferme. Plus tard, j'ai su que ton père avait payé un de mes frères et un engagé pour me remplacer!

*

Un long silence interrompt monsieur Gilbert dans sa lente remontée vers le passé de votre rencontre, il y a quarante-neuf ans. Nous sommes étonnés du temps écoulé auprès de la rivière aux Sables depuis que nous t'avons quitté. Ses eaux plaquées de soleil, au début de l'après-midi, virent au brun cendré. Des couples ont remplacé la foule bruyante. Des rires et des éclats de voix s'élèvent d'un banc de la promenade qu'occupent trois hommes âgés, des retraités, sans doute. Je regarde ma montre, inquiet soudain de notre retard auprès de toi.

— Te tourmente pas, j'ai demandé à ta sœur,

Lorraine, de venir chercher ton père. Il soupera chez elle et ils passeront la soirée ensemble.

*

Ni l'excitation d'une journée folle dans la grande ville ni l'éloignement des siens n'expliquaient le trouble qui avait tenu ton ami éveillé une partie de la nuit dans la chambre d'hôtel, non loin de la tienne. À un vague malaise réprimé durant la journée devant ta fébrilité et ton besoin de tout contrôler, avait succédé le désarroi qu'amplifiait sa fatigue, pensait-il. Ton mariage deviendrait-il une aventure incertaine qu'il cautionnait? Hervé s'était endormi aux premières lueurs de l'aube pour s'éveiller en sursaut. On frappait à la porte. Tu étais là, cravaté, sentant la lavande dans ton habit bleu rayé : « Hein! t'es pas encore levé? On prend le train à dix heures. » Le réveille-matin marquait six heures quarante-cinq. Ton ami avait fermé la porte sans bruit, dans un effort manifeste pour ne pas la claquer.

Vous aviez peu parlé à bord du train du Canadien Pacifique. Le roulement monotone, la lourdeur de l'air avaient engourdi ton ami qui s'était assoupi. L'arrêt à la frontière pour le contrôle des passeports l'avait obligé à bégayer le peu d'anglais qu'il possédait. Ton aisance à parler avec les douaniers américains l'avait stupéfié. Tu lui avais alors exprimé ton engouement pour les États-Unis et les démarches entreprises depuis plusieurs mois pour t'y établir. Il n'était pas facile d'émigrer comme Canadien depuis la quasi-fermeture des frontières, en 1930, par les autorités américaines. Tu irais du côté de Boston, sans doute, où Ted Cury souhaitait beaucoup travailler avec toi. Évelyn n'en savait rien, mais tu la convaincrais, avais-tu laissé tomber. « Elle ne connaît rien de tes projets? » avait-il demandé, déconcerté. Tu n'avais rien ajouté.

Les paysages du Vermont que balayait le train ressemblaient aux nôtres, songeait Hervé, comme si le Québec se prolongeait jusqu'ici. Les mêmes champs vallonneux avec la forêt tout près, les chemins de terre, les maisons et les bâtiments de ferme qui formaient des îlots, au loin. Des bâtisses couraient maintenant à quelques dizaines de mètres des rails, des usines de textile, sans doute. La fumée dans le ciel et la succession de maisons défraîchies. « On entre à St. Johnsburg », lui avais-tu dit, en prenant tes bagages. Sur le quai de la gare, une voix tonitruante t'avait salué : « Hi, Charly! » Un colosse blond, aux cheveux coupés court, fendait la foule. Excité, envahissant, Burny avait lancé : « Welcome home! » Dans le sillage de son frère était apparue Évelyn, qui s'était réfugiée dans tes bras, alors que caquetait l'omniprésent Burny : « Dad, mom, pis tous nous autres de la famille, on est ben contents de te voir, Hervé! » qu'il prononçait à l'anglaise.

Évelyn était ensuite venue vers lui. La main chaleureuse de la jeune femme avait serré la sienne.

— Comme je suis heureuse de vous connaître, Hervé, vous l'ange gardien de Charles, avait-elle répondu d'une voix qui l'avait frappé par sa tendresse. Quoi qu'il arrive, vous serez toujours près de nous?

— Je vous le promets, Évelyn.

Ses paroles devaient le hanter longtemps après son séjour à Lowell. Quelle prémonition l'avait poursuivie?

Ton ami n'avait pu s'empêcher de comparer la rue principale de Lowell à celle de Chicoutimi, la rue Racine, dans l'animation paisible d'un vendredi d'octobre à la tombée du jour. Il lisait des enseignes françaises, à la devanture de plusieurs magasins, celle d'un restaurant français, le Montmartre, et, tout près, un Barber Shop, Chez Rosaire. L'auto que conduisait Burny se frayait un passage parmi les voitures tirées par des chevaux de ferme, des buggys élégants, d'autres autos. On s'interpellait en français fréquemment. Évelyn, assise en arrière, près de toi, s'était avancée : « Hervé, voyez maman et ma sœur, Rose, sur la galerie. » En haut de chez Wilbrod Laforest, leurs mains s'agitaient pour saluer les visiteurs. La voiture s'était engagée dans un passage étroit qui débouchait sur une cour occupée par une écurie, un bâtiment neuf et un hangar.

Un homme dans la cinquantaine grisonnante s'était approché : « Soyez le bienvenu, Hervé. Bonjour, Charles. Vous avez tous deux fait bon voyage? » Elle avait hérité, pensait-il, de la sollicitude empressée de son père. Deux jeunes hommes transportaient les bagages en s'avançant dans un escalier intérieur.

L'atmosphère chaude et bon enfant lui rappelait une fête de famille du rang Saint-Benoît. On l'avait embrassé, serré, entouré. Tous lui parlaient ensemble. Burny avait réussi à lui présenter sa femme, Maggy, une Américaine de Philadelphie, au visage plein de taches de rousseur, et leur fils de cinq ans, George. Madame Laforest s'agitait en replaçant un couteau, un couvert ou une serviette sur la table qui accaparait la salle à manger et la cuisine. Seulement Burny causait en anglais avec toi. Il lui avait paru étrange qu'on ait si peu parlé de ton mariage depuis votre arrivée. On semblait intimidé en ta présence. Tu ne voulais d'ailleurs guère sortir de ta réserve. Le plus jeune frère d'Évelyn, l'ingénieur, comme on s'amusait à l'appeler, avait cherché à t'intéresser aux mines de la Côte-Nord. Tu avais plutôt parlé des soubresauts de la bourse de New York. La conversation avait tourné court. Les femmes s'étaient réfugiées dans la cuisine. Évelyn et Rose avaient rejoint leur mère et leurs belles-sœurs, Maggy et Alice, la femme de Joseph-Arthur, l'aîné de la famille. Leur deuxième enfant de six mois dormait dans la chambre des parents. Une odeur âcre de tabac flottait déjà dans le salon. À la limonade offerte par les femmes, Burny avait opposé la bière ou un verre de gin. « La prohibition, c'est pas pour nous autres », avait-il tonné.

Joseph-Arthur vivait sur une terre du côté de Westfield. Il avait discuté avec Hervé de son jeune troupeau de jerseys qu'il doublerait avec les années pourvu que la Crise vienne à finir. Monsieur Laforest, attentif, écoutait les réflexions d'Hervé : la rareté du travail au Québec, la misère de beaucoup de familles, la chance des habitants de pouvoir s'en tirer avec leur terre.

On avait vite parlé de politique, du New Deal de Roosevelt. « Ça aide les chômeurs et ben du monde à pouvoir mettre du beurre sur la table », disait le plus jeune frère, l'ingénieur, à qui s'opposait Burny : « De la belle argent jetée par les fenêtres! » Et puis, « votre premier ministre Adélard Godbout, un bon homme? » avait-on demandé à Hervé. On s'intéressait au Québec. Les lettres des parents en parlaient et « la frontière est tout près d'ici », ajoutaient-ils.

Tu ne disais rien, se souvenait monsieur Gilbert, comme si ces conversations ne t'intéressaient pas. Évelyn regardait quelquefois de ton côté, un sourire incertain sur ses lèvres.

« Hervé, tu viens coucher chez nous! » avait décidé Joseph-Arthur. Rose s'était tournée vers toi, son futur beau-frère : « Lucien et moi, on aimerait vous recevoir chez nous, Charles. » « On a une chambre de libre », avait continué son mari, intimidé. Évelyn avait murmuré à ton oreille : « Accepte, tu leur feras plaisir. » Tu les avais remerciés de leur gentillesse, mais Burny t'avait déjà réservé une chambre à l'hôtel.

Ce refus poli et si peu habituel pour eux avait jeté un froid autour de la table. La fin du repas s'était étirée dans des silences gênés.

*

Il était tôt dans la soirée quand le camion déglingué de Joseph-Arthur, à la sortie de Lowell, s'était dirigé vers Troy, puis avait roulé en direction de Westfield. Devant les yeux d'Hervé, dansait ton visage fermé, indifférent, lui semblait-il, à ces gens chaleureux qui deviendraient demain tes beaux-frères et tes belles-sœurs. Tu étais amoureux d'Évelyn, lui avais-tu répété. Durant le repas, il l'avait sentie désemparée par moments devant ton attitude distante. On t'avait placé auprès d'elle au bout de la table pour célébrer votre dernier jour de célibataires. Les paroles émues de monsieur Laforest, qui lisait d'une voix hachurée un mot de bienvenue pour toi et ton ami, avaient été applaudies et reçues avec des rires heureux. Ton ami s'était levé et, malgré son peu d'habitude, avait improvisé quelques phrases où il se disait content de retrouver, si loin de chez lui, « des gens ben recevants, dépareillés! » Tu avais marmonné un « merci de vos bontés » qui avait déçu.

Le camion s'était engagé sur un bout de chemin qui conduisait à une maison blanche, ventrue. En arrière, l'étable, la grange à toiture rouillée et, en retrait, un garage.

Ils s'étaient assis autour de la table recouverte d'une toile cirée et avaient parlé des travaux de la ferme, des voisins. Seuls Franco-Américains à des milles à la ronde, ils conversaient entre eux encore en français, mais ils savaient que leurs enfants et petits-enfants parleraient anglais.

Depuis leur départ de Lowell, dans les silences qui les avaient accompagnés, Hervé se doutait bien des questions qu'ils n'osaient poser à ton sujet. L'abat-jour découpait les larges mains de Joseph-Arthur qui s'agitait sur sa chaise. « Tu dois ben le connaître, Charles, ton ami d'enfance, hein? » lui avait-il demandé soudain. Hervé avait fixé les motifs floraux de la toile cirée avant de répondre : « Je suis son seul ami et je crois le connaître un peu. Pour moi aussi, il est un mystère », persuadé que cette réponse ne pouvait les satisfaire. Mais comment expliquer ce qu'il ne comprenait pas lui-même : ta dureté envers les autres, ton insensibilité liée au besoin insatiable de richesse, alors que tu ne semblais guère attaché à l'argent, ton incompréhensible aveuglement sur des blessures que tu infligeais par ta désinvolture ou ton indifférence? Comment leur exprimer, sans se rendre ridicule, la pitié mêlée de tendresse qu'il ressentait quelquefois envers toi, la joie amère d'accueillir ton amitié comme le don inviolé de la meilleure part de toi-même?

L'attitude que tu avais adoptée depuis ton premier voyage intriguait Joseph-Arthur, comme d'ailleurs les membres de sa famille. On ne savait que penser de toi. En vérité, tout s'était déroulé très vite. Depuis son voyage à Québec avec son père, Évelyn ne parlait que de son amour pour toi. Tu étais venu à Lowell pour des visites de quelques jours, puis demain ce serait le mariage!

Joseph-Arthur avait levé les épaules, dépassé. De la fenêtre, il entrevoyait les champs engloutis dans la nuit. Hervé avait suivi son regard qui parlait du temps qu'il fallait à la terre pour que germe le blé. Il avait croisé ses mains derrière la tête, puis s'était renversé sur sa chaise. « Faut du temps pour s'apprivoiser... Pis une femme qu'on aime, on la prend dans ses bras, on la caresse, on lui dit qu'elle est belle, qu'on l'aime. On le dit ben fort, pour tout le monde! Il a pas encore appris ça! Pis nous autres, on est des crottes de chien, ou quoi? » avait-il ajouté d'une voix rageuse, avant de se lever. « Que veux-tu, Évelyn l'aime! Pourvu que ça dure! »

Ton ami avait dormi d'un sommeil lourd, sans rêves. Le flottement indistinct de l'aube à travers le rideau de la fenêtre l'avait réveillé. Son corps reprenait le battement cadencé qui marquait chaque début de journée : cinq heures. Le léger craquement d'une marche de l'escalier l'avertissait que Joseph-Arthur et Alice participaient au même rythme de la nature.

Ils avaient trait les vaches, les avaient nourries. Le « train » terminé, ils avaient repris le chemin de la maison, heureux tous deux d'une tâche qui les rassemblait. « Charles aurait pu te donner un coup de main. C'était un fils d'habitant, mon voisin du rang Saint-Benoît. » Joseph-Arthur avait répondu : « Il doit plus l'être depuis longtemps! »

*

Tout me paraît étrange dans ce restaurant où j'ai conduit monsieur Gilbert, après avoir quitté les bords de la rivière, à la tombée de la nuit. Je reconnais les boiseries de chêne, les tableaux de la campagne italienne, la nappe blanche et le couvert en argent. Tout a si peu changé. Seuls le propriétaire et sa femme ont été rejoints par le temps qui a raviné leur visage et fané Christina.

— J'avais invité Louise, ma future femme, à cette même table, il y a dix-huit ans, pour fêter son anniversaire... Pour l'épater aussi, faut bien le dire, ai-je ajouté. Elle avait tenu à choisir la même table, lors de nos fiançailles, quelques années plus tard.

Je ris avec le vieil homme. Je m'amuse de sa tenue négligée qui fait sourciller le serveur au français emprunté. Le soleil, le vent, la pluie ont parcheminé son visage, creusé des rides profondes autour des yeux et de la bouche. Un visage émouvant qui s'animera pour parler de toi. Ses yeux se ferment un moment, tandis que sa main s'égare dans ses cheveux.

— Charles et ta mère m'avaient invité, dans cette

pièce du fond, pour fêter le premier anniversaire de Lorraine, dit-il, au rappel du passé.

Il s'excuse de marcher dans son passé où les souvenirs s'enchevêtrent. Je m'efforce de sourire et lève mon verre à cet autrefois qui nous lie depuis notre rencontre.

À la présence imprévue de ma mère se superpose sans que je le veuille celle d'Évelyn que le récit inachevé de ton ami laissait aux portes de la petite église blanche de Lowell, pour la photo de mariage.

Depuis que monsieur Gilbert a fait surgir cette inconnue, je ne puis réprimer une curiosité inquiète.

— Elle était très belle, André, d'une beauté harmonieuse qui n'éclatait pas. Rien d'agressif en elle. Des yeux gris vert. On oubliait leur couleur pour s'attacher à leur bienveillance, à la chaleur de leur accueil. Son sourire éclairait sa bouche sensuelle. Sur sa nuque ondulaient des cheveux courts, blond cendré. Grande, d'une minceur que soulignait la longue robe blanche. Elle se tenait sur une marche du perron de l'église, au bras de ton père. Je n'ai pu m'empêcher de penser : « Qu'ils forment un couple superbe! » Tu sais, ton père aussi était très beau. Racé. D'un détachement qui fascinait et déroutait ceux qui l'avaient approché depuis le matin.

Durant toute la journée, tu ne te départirais pas d'une attitude distante et courtoise. Jouais-tu à l'indifférence? avait-on demandé à ton ami. Il ne le croyait pas, après toutes ces années auprès de toi. Elle t'était devenue naturelle, alimentée par le sentiment inéluctable de la tricherie de la vie. Les êtres rencontrés ne valaient guère mieux que toi qui te jugeais avec une sévérité excessive.

Il retrouve, au rappel de votre mariage, ce samedi

d'octobre 1937, la sensation brutale d'un faux bonheur. Certains parents et amis d'Évelyn partageaient avec lui cette impression pénible.

Ils ne s'expliquaient d'ailleurs pas la présence incongrue d'un gros homme, arrivé tôt de Boston, dans sa limousine. « Ted Cury », s'annonçait-il à la ronde. Il s'imposait auprès des uns et des autres, parlait de ton désintéressement lors de la construction de son chalet dans la forêt canadienne, répandait son amitié pour toi. Mais son engouement excessif devenait risible. Tu avais paru gêné quand il avait foncé vers toi et t'avait pris dans ses bras pour te féliciter. Quel contraste entre ce personnage exubérant dans son habit de soie, et toi, mal à l'aise, qui serrais des mains et embrassais des visages inconnus!

Qu'il fût associé au Bostonnais, sorti de nulle part, pour représenter ta famille et tes amis devenait une supercherie qu'Hervé avait soulignée à Joseph-Arthur, assis à ses côtés, au banquet dans la salle paroissiale. Tu aurais préféré celle de l'hôtel, avait ironisé le frère aîné d'Évelyn. Le curé avait béni la table et souhaité en français beaucoup d'amour et d'enfants aux nouveaux époux. On avait applaudi. Ta jeune femme s'était tournée vers toi. Tu lui avais souri. Était-ce un mirage? se demandait ton ami ou la vérité de ton bonheur?

Évelyn ne cachait pas la violence de son amour, ce qui semblait t'agacer. Tu te dérobais à son besoin de te présenter à ses amies d'enfance qui n'étaient pas dupes du sourire contrarié qui dissimulait son chagrin. Elle aurait tant souhaité dans sa candeur que tu sois aimé comme elle t'aimait elle-même et se surprenait de tes refus qu'elle mettait au compte de la fatigue et de la méconnaissance de ces gens qui t'étaient étrangers.

Tu avais hâté l'heure du départ vers le train qui vous conduirait à Québec. Elle avait choisi le Château

Frontenac comme lieu magique de votre lune de miel, elle qui s'imaginait y revivre la présence des premières heures de votre rencontre.

Tes voyages précipités à Lowell l'avaient convaincue de ton amour, mais n'avaient pas levé l'appréhension grandissante de ses parents envers toi. Que tu n'aies pas daigné les éclairer sur ton passé et ta famille leur paraissait inconcevable. Ils ne comprenaient d'ailleurs pas le motif qui t'avait poussé à maintenir leur fille dans l'ignorance. Mais leurs reproches n'avaient pas entamé la confiance inébranlable qu'elle te vouait.

Ton ami entendait dans leurs paroles une inquiétude tenue secrète et qui reflétait la sienne. Il avait admiré la perspicacité de monsieur Laforest qui lui racontait avoir écouté avec un étonnement amusé les paroles embrasées de sa fille envers un homme « terriblement séduisant » rencontré sur la Terrasse Dufferin, à Québec. Mais la balade à l'île d'Orléans l'avait laissé songeur. Ton refus de parler de ton passé et de ta famille provenait-il de la gêne d'un homme secret, peu habitué à se dire? Il l'avait souhaité, mais tes voyages à Lowell lui avaient permis de mieux te connaître. Il craignait de porter sur toi un jugement trop hâtif. Le malaise grandissant qu'il ressentait à ton égard, les réflexions de plusieurs de ses enfants l'incitaient à penser que ton silence révélait ton enfermement, ton impossibilité de sortir de toi-même et d'aller vers l'autre.

*

D'autres convives ont pris place aux tables du restaurant. Attentif à la parole de monsieur Gilbert, à son visage changeant, j'entends à peine la rumeur des conversations, les pas assourdis des serveurs. Il a terminé son café. Les yeux fermés, il savoure la prunelle de Bourgogne qu'il garde un moment dans sa bouche.

— Je n'ai jamais oublié, André, la voix éteinte de monsieur Laforest qui cherchait à me cacher sa peine : « Vous êtes l'ami de Charles. Qu'en pensez-vous? »

J'avais hoché la tête, frappé par la justesse des paroles qui décrivaient la vraie nature de ton père : l'enfermement. La détresse des parents d'Évelyn, je la ressentais, mais je ne pouvais les consoler sans tricher. Comment leur faire croire en un avenir radieux, moi qui redoutais comme eux la suite des jours pour les jeunes mariés?

— Vous avez raison, avais-je fini par dire. Oui..., fermé à double tour.

Madame Laforest, qui s'était tue jusque-là, avait posé sa main sur le bras de ton ami.

— Ma fille, je la connais bien pour avoir suivi ses amours depuis son adolescence. Des amours qui ne la comblaient pas et dont elle sortait blessée, elle si vulnérable. Vous savez, Hervé, c'est une fille de feu, Évelyn! Pour la première fois, elle aime de toute son âme, d'un amour qui nous effraie.

— Un amour aveugle, avait repris monsieur Laforest. Personne n'a pu lui ouvrir les yeux sur le comportement étrange de Charles. Un être si peu démonstratif, cassant même avec elle. Qui allait et venait dans la région, à la recherche d'on ne savait quoi, avec Bernard. Burny, comme il aime s'appeler. Ça fait plus américain! Il croit l'aimer, mais ne s'aime-t-il pas plutôt à travers elle?

Chapitre 8

Nous roulons dans des rues que je ne connais pas. Là où s'étendaient autrefois des champs, se dressent des maisons, une église, des commerces éclairés au néon. Je retrouve le rang Saint-Benoît et plus loin la grosse maison blanche. Dans la cour, le camion de monsieur Gilbert est garé à l'entrée du garage.

— Te surprends pas, Hélène, ma petite-fille, le conduit à l'occasion.

La porte s'ouvre sous la main d'une femme menue, qui sourit de toutes ses rides. Madame Gilbert a conservé des yeux noirs très doux, une vivacité qui la fait trottiner autour de la table de la cuisine, heureuse de mon arrivée et de mon bonheur de la revoir après tant d'années. Elle sait tout de suite, à des signes imperceptibles emmagasinés durant cinquante-deux ans de vie avec son mari, qu'elle doit nous laisser seuls.

— Y a un programme de télévision ben intéressant. Vous permettez que j'aille dans le boudoir, demande-t-elle dans un rire très jeune.
— Bien sûr, madame Gilbert.

Je marche vers la fenêtre qui donne sur des champs. À droite, des bâtiments sont éclairés dans la nuit. Le souvenir de Catherine cachée dans le foin de la grange... Monsieur Gilbert revient de la chambre, en face du salon. Nous nous assoyons l'un en face de l'autre. Ses mains lourdes enferment un coffret ouvragé.

— Prends-le. Il contient les lettres qu'Évelyn m'a envoyées durant cinq ans. Je te demande de les lire, telles qu'elles sont disposées, dans leur ordre chronologique.

Mes mains tremblent légèrement. Je ne sais que dire, décontenancé par l'invraisemblable cadeau, par la crainte aussi d'une vérité qui m'inquiète. Que me révéleront ces lettres, d'une femme inconnue, sur le passé de mon père?

— J'aurai l'impression, monsieur Gilbert, de profaner des vies qui ne m'appartiennent pas.

Sa voix de basse m'interrompt.

— Tu dois connaître ces secrets, André. T'es pas un voyeur, mais un gars à la recherche de son père, non? Son histoire, pas très drôle, te mènera à un pauvre homme qui souhaite que tu prennes possession de son passé pour ne pas se sentir trop seul. Pour le juger? Non. Pour le comprendre? Oui, c'est ça. Pour le comprendre. Peut-être que tu vas découvrir un secret qui me liait à elle, dit-il dans un murmure.
— Quoi? Il est au courant des lettres?
— Bien sûr que non!

Il se lève, me demande de le suivre dans la chambre en face du salon. Une lampe de chevet est allumée, près d'un fauteuil.

— Ton père sait que tu couches chez moi.
— Vous aurez tout prévu!

— Fais pas d'histoires! Détends-toi. Lis les lettres. Mon plus vieux, à qui j'ai cédé la terre, va bientôt arriver avec sa femme et leurs jumeaux. T'occupe de rien. On aura encore demain une journée bien remplie.

*

Datée du 17 octobre 1937, une carte postale du Château Frontenac. Je reconnais l'écriture ronde, plus tassée.

Très beau voyage. Journées d'octobre fraîches, mais ensoleillées. On cherche à s'apprivoiser.

Évelyn

L'enveloppe bombée s'ouvre d'elle-même dans mes mains. Une lettre de plusieurs feuillets et une photo en noir et blanc glissent sur mes genoux. La photo de mariage aligne sur plusieurs rangées des personnages inconnus, austères, malgré les toilettes claires des femmes et les costumes endimanchés des hommes. L'arrière laisse voir les portes ouvertes de l'église. La jeune mariée sourit sous la voilette et tient dans sa main droite un bouquet de fleurs, tandis que la gauche emprisonne le bras de l'homme.

Je scrute le visage du nouveau marié, mon père. Est-ce vraiment lui? Ma surprise de ne pas le reconnaître. Près de lui, se tient un colosse engoncé dans un habit noir. Cheveux longs, rebelles. Monsieur Gilbert? Oui, monsieur Gilbert, me dis-je, heureux de le rejoindre à travers le temps, si pareil à lui-même, dans la vérité de son visage et dans sa carrure qui ne trompent pas.

Je reviens au visage impénétrable de l'homme près de la jeune épouse dans sa robe de dentelle. J'essaie de retrouver l'ovale de la figure, les cheveux hauts sur le front, les lèvres minces qui s'entrouvrent en un léger sourire sur des dents égales, et les sourcils épais qui ombragent les yeux. J'examine de nouveau chacun des traits et m'attarde sur les mains petites mais fortes qui s'appuient sur les épaules d'Évelyn. Un nom monte à mes lèvres, Vincent! La vision fugitive superpose au visage de mon frère aîné celui de mon père, le 14 octobre 1937! Je ferme la main sur la photo, bouleversé par la découverte soudaine de la reconnaissance de mon père, grâce à son fils perdu.

Barton, 5 février 1938

Cher Hervé,

J'ai remis plusieurs fois le besoin de vous écrire par crainte de vous importuner. « Quoi qu'il arrive, vous serez toujours là? » vous avais-je demandé à la gare de St. Johnsburg. Je me suis répété à plusieurs reprises : « Je vous le promets, Évelyn », avant d'oser vous retrouver.

Je suis seule dans la vaste maison de style colonial où nous avons emménagé après le voyage de noces à Québec. Barton, notre petite ville, ressemble un peu à Lowell, avec ses usines de filature et ses immigrants, ses scieries et ses bûcherons.

Charles m'a amenée au Lake Chrystal, tout près. Vous vous imaginez bien pourquoi! Acheter des terrains pour y construire des villas, comme il dit. Le marché serait bon. Moi, je n'y connais rien! Il est parti depuis deux jours prospecter les rives d'un autre lac, à une quinzaine de milles d'ici.

Mes parents ont fêté le Nouvel An avec nous. J'espérais un rapprochement entre mon mari et les miens, qui ne se sentent pas à l'aise avec lui. Ça s'est bien passé, sans plus. J'ai dû intervenir auprès de Joseph-Arthur avant le souper de Noël, à la maison des parents. Des étincelles entre Charles et mon frère aîné qui n'est pas le plus diplomate de la famille. Enfin!

L'enseignement me manque. Pourrai-je retrouver une classe? Pas cette année. Peut-être l'an prochain, m'assure Charles.

J'ai rencontré une voisine devenue une amie merveilleuse. J'ai couru avec elle les quelques magasins du coin afin de décorer la maison et rendre notre nid douillet. Je m'essaie à cuire de bons plats quand, par chance, il entre pour le repas du soir.

Je lis beaucoup et me suis remise à la peinture. Ces activités ne peuvent combler ma solitude.

J'apprends à connaître la lente marche des heures, moi qui ne les voyais jamais passer. Vingt-trois ans depuis le trente janvier. « Mon homme » m'a offert des boucles d'oreilles ornées de petits diamants. Une façon de me dire qu'il m'aime, lui qui parle si peu.

Évelyn

Lake Willowghby, 18 juin 1938
Vous avez bien lu Willowghby? Nous habitons depuis un mois une villa au fond d'une baie. Je goûterais la beauté du paysage en face de moi si je le partageais avec un être aimé. Il me renvoie à ma solitude.

Le travail sur le chantier s'est arrêté depuis une heure. Qu'est devenu votre ami? Un agent immobilier doublé d'un constructeur de maisons de campagne luxueuses. Et bientôt, propriétaire d'une scierie. Pour sa femme, il s'est transformé en courant d'air!

Nous nous voyons très peu – entre deux portes. J'en souffre, dois-je vous l'avouer. Lorsqu'il nous arrive d'être près l'un de l'autre, il semble absent. Que rumine-t-il? Ses projets sans doute dont je suis exclue. Il a refusé, avec impatience, mon aide pour la correspondance et la comptabilité.

Maman est restée une semaine avec moi. Une dispute au sujet des absences prolongées de Charles et de ses sautes d'humeur l'a étonnée, elle qui a vécu dans la douceur de papa. Nous sommes restées seules durant la soirée, sans revenir sur l'incident.

Nous retournons chaque samedi à Barton. Pendant que Charles rencontre des fournisseurs, je retrouve Édith, mon amie, et quelques membres de ma famille qui viennent parfois me dire bonjour.

Je m'efforce de comprendre votre ami, très différent de celui que j'ai rencontré et aimé dès le premier jour de notre rencontre à Québec. Il me faudra du temps pour l'apprivoiser. Dites-moi que j'y parviendrai!

Évelyn

Lake Willowghby, 8 septembre 1938
Votre première lettre! Je l'ai lue à plusieurs reprises pour m'aider à ne pas désespérer. Vous avez deviné des phrases que j'ai évité d'écrire... L'amour, dites-vous, est patience. Je veux bien pourvu qu'il vienne à s'épanouir.

Comme cette rose à peine ouverte que j'ai cueillie à Barton, samedi dernier, dans le parterre de mon amie, Édith, et que j'ai déposée sur la table de la salle à manger. Un repas de fête pour nous deux. Sa surprise m'a réjouie : « Pourquoi? » m'a-t-il demandé. « Prends-moi dans tes bras. » Il s'est exécuté, en bougonnant qu'il n'aimait pas les enfantillages. J'ai murmuré à son oreille : « Je suis enceinte. » J'ai ri en voyant son regard incrédule. « Le médecin me l'a confirmé. » Il m'a serrée très fort et a gardé longtemps sa tête sur mon épaule, pour éviter que je le voie pleurer. Pourquoi cherche-t-il à paraître dur et insensible, alors qu'il cache au fond de lui un petit garçon tendre et un peu triste? « Et la rose rouge? » « Pour fêter l'enfant qui va te ressembler. »

25 septembre 1938

Une grippe m'a tenue au lit, ordre de Charles qui a même engagé une dame pour m'éviter tout effort. Il vient plusieurs fois par jour, en coup de vent, s'informer de ma santé. « Je ne suis pas malade, ai-je crié en colère, je suis enceinte! » Lui si distant d'habitude, le voilà tout miel et attentif! Sa gaucherie appliquée m'attendrirait si un doute persistant ne me poursuivait. Et si sa prévenance concernait l'enfant? Serais-je pour lui une mère porteuse? Cette pensée m'empoisonne l'existence. Je ne suis cependant pas jalouse de ce petit être que je porte et qui ensoleille ma vie.

Peut-être me trouverez-vous trop méfiante et sévère? Vous le confier me permettra de croire que je me trompe.

La présence d'Édith, venue passer quelques jours à la villa, rompt ma solitude. Nous avons marché dans la forêt qui se colore peu à peu. L'exercice et le grand air aident la future maman.

Évelyn

Je tire de l'enveloppe une photo jaunie aux teintes légèrement effacées. Le visage penché d'Évelyn sur le bébé qu'elle tient dans ses bras cache ses yeux. La robe de chambre foncée fait ressortir sa main aux longs doigts qui tient celles de l'enfant.

Une porte s'est ouverte, celle de la cuisine. Je reconnais la voix de monsieur Gilbert et celle, plus claire, d'enfants. Des pas montent l'escalier qui craque. Le silence bientôt envahit la maison.

Je scrute sous la lumière de l'abat-jour le visage flou du bébé à la recherche invraisemblable, absurde même, me dis-je, de quelques traits de ressemblance avec mon père!

À l'endos de la photo, je lis « *Édouard, notre premier enfant. Parents heureux.* » *Évelyn, 6 mars 1939*

103

Cher Hervé,

« *Que vous arrive-t-il, me demandez-vous, pour avoir laissé courir le printemps, et presque tout l'été, sans écrire?* » *Votre inquiétude m'a ravie! Elle me force à vous répondre bien vite et flatte aussi ma vanité d'avoir occupé quelquefois votre pensée!*

La naissance d'Édouard fut difficile. Je n'ai guère de souvenirs précis des heures qui ont précédé, accablée par une souffrance inconnue jusque-là. Charles avait délaissé le chantier pour m'assister, ai-je cru comprendre. Il n'en finissait plus, m'a dit maman, de marcher du corridor à la cuisine, affolé des allées et venues de la sage-femme qui transportait les bassins d'eau chaude et les serviettes tachées de sang.

Comme la chambre lui demeurait interdite, désemparé, il errait dans la maison, soulevait les draperies du salon à la recherche des phares de l'auto du médecin, le docteur Marlowe, un partenaire de cartes. À quatre heures du matin, maman l'a retrouvé, affalé dans le fauteuil du salon : « Venez, Charles, Évelyn veut vous présenter votre premier garçon. »

Je l'ai vu entrer dans la chambre, Hervé. Ses lèvres tremblaient. J'ai la certitude qu'il essayait de me dire : « Je t'aime », mais les mots ne sortaient pas. Il m'a embrassée sur le front, s'est assis près de moi pour regarder notre enfant dont le cœur battait follement. « Il va vivre, notre petit, tu verras, Évelyn. »

Si j'ai pu vous raconter cette nuit pas comme les autres, c'est que je la connais par cœur, tellement maman l'a répétée à la famille et aux amis venus nous visiter!

Dans les moments de découragement qui ont suivi et de peur qu'Édouard ne survive pas, j'ai essayé de retrouver le visage bouleversé de Charles pour m'aider à ne pas désespérer. Pourquoi s'est-il aussitôt refermé comme une huître? Peur de se retrouver démuni comme moi devant la maladie de l'enfant? Peur d'exprimer son angoisse et son besoin d'être consolé? Je ne sais pas.

Je reprends une conversation interrompue depuis deux jours. Édouard, qui percera bientôt ses premières dents, m'accapare davantage. Vous l'entendriez crier et pleurer que vous ne sauriez pas qu'il a failli nous quitter plus d'une fois! Il me faut subir de plus la mauvaise humeur de Charles qui n'accepte pas d'être réveillé durant la nuit. Comme il n'avait pu supporter la fièvre qui avait saisi notre bébé quelques jours après sa naissance.

Pourquoi s'est-il terré ici au lac Willowghby plutôt que de me rejoindre à Barton? Jamais n'a-t-il autant travaillé que durant tous ces jours d'agonie.

Je me remets à peine d'une fatigue chronique qui m'a obligée à garder la chambre durant plusieurs semaines. Maman aura été d'une compréhension et d'une bonté extraordinaires à essayer de vaincre mes angoisses, à m'entendre pleurer comme une Madeleine et à me consoler. Édith m'a forcée un jour à m'habiller. Sa joie de me coiffer, de me maquiller, de me faire porter ses colliers. Puis un jour du début de juin, j'ai marché à son bras dans le quartier. J'ai dû me coucher, au retour, accablée de fatigue.

Une amie de maman, madame Pierce, a veillé sur Édouard. Je ne pouvais m'en occuper autant que je l'aurais désiré.

L'enfant dort sur la galerie. Je lève les yeux et je vois le bonnet qui cache son front. Son visage est comme une pomme rouge qu'on aimerait croquer.

Je ne puis comprendre encore la fatigue extrême, les sentiments d'ennui et d'indifférence que je ne parvenais pas à surmonter : « Fais un effort, me disait Charles. Avec un peu de bonne volonté, tu vas y

arriver. » Comme s'il suffisait de vouloir pour guérir
cette étrange maladie, de me réfugier dans le sommeil,
de souhaiter ne plus entendre les pleurs de l'enfant, de
ne plus s'éveiller pour le nourrir. « Ben voyons, me
disaient ma mère et madame Pierce, ça arrive souvent
aux femmes qui ont accouché. » Je n'ai pas réussi à
me débarrasser d'une culpabilité devenue une plaie
béante avec le reproche voilé de Charles d'avoir négligé
notre enfant.

Je rentrerai bientôt à Barton avec la fin de l'été.
Charles prend les bouchées doubles pour terminer avant
les grands froids.

Évelyn

J'ai parcouru les quelques lettres d'Évelyn qui ont
ponctué les derniers mois de l'année 1939 et de 1940,
surpris par une certaine lassitude que me cause la
répétition des nouvelles du bébé.

Seule m'atteint la plainte de plus en plus vive de la
jeune femme mal aimée. Sa déception d'être aban-
donnée cache encore son amour pour Charles. Mais
pour combien de temps? me dis-je.

Un léger grattement à la porte. J'ai à peine le temps
de murmurer : « Oui, entrez », qu'une tête ébouriffée
et une vieille robe de chambre apparaissent dans
l'entrebâillement de la porte.

— De l'eau chaude, chuchote monsieur Gilbert, en
pointant du doigt la tasse dans sa main. Un vieux remède
de maman contre les brûlures d'estomac. Le vin, pis le
digestif du souper ont pas passé! Comme je roulais dans
mon lit sans pouvoir dormir, j'ai pensé venir te
désennuyer.

Il étouffe un rire et s'assoit sur le lit.

— Achèves-tu?

— Pas encore. Mais j'avance sans vraiment percer le mystère de Charles, mon père. Les lettres me révèlent surtout la souffrance d'Évelyn que partagera maman plus tard et dont nous avons été les témoins et les victimes. Vous vous souvenez?

— Oui, bien sûr!

— J'ai appris aussi la naissance de mon demi-frère. Aurai-je d'autres surprises de ce genre?

Je ne puis réprimer le tremblement de ma voix. Cet enfant, où vit-il? Pourrai-je un jour le connaître? Le vieil homme ferme les yeux. Fatigue ou refus de répondre? Le silence entre nous s'étale. Trop de questions en moi se bousculent dont il possède peut-être les réponses. Je n'ose les poser, gêné de leur incongruité.

Je reprends à voix basse :

— De novembre à mai, elle reste silencieuse. Étrange. À Noël, seul Charles écrit quelques souhaits banals de santé et de bonheur. Rien d'elle. Que cache son mutisme? Le ton des lettres qui suivent devient plus intime, plus tendre aussi, comme si les mots devenaient poreux à force de retenue, aussi secrets que des codes dont je me sens exclu par moments. Elle effleure des sentiments et des situations connus de vous deux, je crois, monsieur Gilbert.

Il passe sa grosse main dans ses cheveux, croise les bras un moment, puis se penche vers moi. La lampe éclaire son visage où se dessine la surprise qui fige ses traits en un masque douloureux. Ils se détendent lentement. Apparaît un sourire très jeune.

— Ben, mon gars, t'es fort!

Sa main frappe sa cuisse. J'entends son rire qu'il s'efforce d'étouffer. Je ris, moi aussi, soulagé du malaise indéfinissable qui s'était glissé entre nous, curieux cependant de connaître la véritable cause du comportement d'Évelyn.

— On va dehors, dit-il, en redressant sa haute taille. J'étouffe ici. Autant déballer mes affaires en marchant. Je serai moins nerveux. André, ces lettres, tu les as lues avec les yeux de ton cœur. Pas possible autrement d'arriver aussi près d'un secret qui nous unissait, elle et moi. Je tricherais si je te cachais une vérité que tu as frôlée. Viens!

Il ouvre la garde-robe de la cuisine, s'habille et m'offre une vieille canadienne, des gants et une invraisemblable casquette doublée de peau de mouton.

— Mais, on ne va pas au pôle Nord!
— À la campagne, mon gars, à dix heures du soir, c'est pas chaud. On n'est pas à Montréal.

L'air pique. Nous prenons le chemin de gravier sous une lune qui éclaire loin devant nous. La canadienne sent bon le foin coupé.

— C'est vrai, reprend-il après un long silence, tu possèdes pas toutes les clefs. Pour comprendre, faut retourner vers un passé que j'ai cherché à oublier, mais qui remonte à la surface comme une source qui cache une nappe souterraine. Certains de ces souvenirs éclatent comme ça, sans que je m'y attende. Le temps a fermé la plaie et n'a laissé que la douceur d'un amour perdu.

J'écoute le crissement de ses bottes sur le gravier et sa voix de basse qui se rappelle cette fin de juin 1940 alors qu'il avait reçu un mot de Charles. Ted Cury les invitait à Pointe-au-Pic, à la villa d'un homme d'affaires de Boston en échange de celle qu'il possédait au lac Édouard. « Ne sois pas susceptible. Ted t'enverra le billet de ton voyage en train, si tu consens à venir. Je ferai de même. »

Chapitre 9

Le voyage de Québec à Charlevoix lui avait semblé interminable. Mêlé à un groupe d'Américains et de Canadiens anglais, riches et habillés à la dernière mode, il détonnait, croyait Hervé, dans son costume sombre, sa crinière et sa haute taille massive. Leur familiarité hautaine l'avait intimidé. Sur le quai de la gare, où l'on ne parlait qu'anglais, il avait cherché Ted et Charles. Soudain, il avait senti monter en lui une émotion délicieuse. Il l'avait reconnue, elle, aux battements de son cœur.

— Évelyn! ai-je dit, en voyant venir vers moi une jeune femme élancée, aux cheveux blonds, que j'ai embrassée sur les deux joues.
— Comme je suis heureuse de vous retrouver!

Trop intimidé, je n'avais rien trouvé à lui répondre.

— Venez, avait-elle ajouté, en me présentant une femme dans la jeune quarantaine, aux yeux bleus étonnants.
— Soyez le bienvenu, disait Élisabeth, l'épouse de Ted.

Dans un anglais familier qu'elle s'efforçait de parler lentement, elle avait excusé l'absence de Ted et de Charles par la hâte d'Évelyn de le rencontrer et sa curiosité, à elle, de connaître cet homme dont lui avait tant parlé son amie. Elles avaient préféré le buggy à la Ford de Ted, laissée dans l'allée de la villa.

J'ai regardé Évelyn qui rougissait.

Elle avait demandé à Élisabeth de se taire jusqu'au retour à la villa. Leur rire avait dissipé la gêne de leur première rencontre. Un petit homme sec attachait déjà ses bagages derrière la voiture. Irénée Tremblay, se souvient monsieur Gilbert, après un moment d'hésitation.

La conversation durant la traversée du village de La Malbaie s'était interrompue devant l'église et son Sacré-Cœur doré. L'orphelinat, tout près, dressait sa masse compacte et bouchait la vue sur le fleuve.

— Tiens, à gauche, on voit Cap-à-l'Aigle. À droite de la cour, une côte descend vers un quai en mauvais état, avait murmuré Hervé, ému malgré lui.

Évelyn l'avait regardé longuement.

— Pointe-au-Pic, avait-elle lancé à Hervé, distrait par l'arrivée d'un grand bateau blanc qui s'avançait vers le quai.

L'air très doux sentait l'algue et le limon. Le cheval avait pris le chemin des Falaises où nichaient des villas superbes tournées vers le fleuve.

— Voici notre foyer, avait dit Élisabeth, en pointant du doigt une vaste demeure qui rappelait le style de la maison canadienne.

Hervé était à peine descendu du buggy que Ted, qui boitait, était venu à sa rencontre. Tout aussi exubérant qu'au mariage de Charles et d'Évelyn à Lowell, il l'avait serré dans ses bras.

— Merci d'être avec nous, avait-il répété à plusieurs

reprises. Charles, en retrait, s'était avancé pour lui serrer la main. Son attitude réservée contrastait avec la bonhomie chaleureuse de Ted.

— Il avait beaucoup changé depuis notre dernière rencontre. Des poches sous les yeux. Bedonnant. Son regard éteint s'était éclairé quand on s'était serré la main. J'avais ri de sa casquette et de son pantalon de golf, et lui, de mon habit de croque-mort!

Ted lui avait présenté son beau-frère. Des yeux bleu acier, une voix rude et sans nuances laissaient entrevoir l'homme d'affaires, sûr de lui. Et puis, un ami, Bob, petit, râblé. Ses yeux noirs s'étaient plantés dans ceux du nouveau venu. Le soleil avait cuit sa peau et l'avait vieilli prématurément. D'un signe de tête, il avait salué Hervé de ses doigts jaunis par la nicotine.

*

Élisabeth l'avait conduit à sa chambre par un escalier de chêne. Elle donnait sur le fleuve que le soleil d'après-midi parait de reflets argentés.

Après s'être lavé et changé, il était sorti sur la terrasse. Ted lui avait réservé une chaise de parterre près de lui. Les deux femmes l'avaient complimenté sur son élégance. Le visage paisible de Mariette, sa femme, lui était apparu. Ses doigts de fée, songeait-il, avaient créé la petite veste et la chemise de lin. Chez Willie Gagnon, elle l'avait amené pour le choix du pantalon beige et d'un autre costume. Que de dépenses!

À travers les propos de Ted sur la chute qui le faisait boiter, la voix forte de Charles proposait une randonnée de deux jours sur la rivière du Gouffre. Don et Bob l'approuvaient. Ils étaient venus dans Charlevoix pour la pêche au saumon et à la truite, disaient-ils.

— Hé, Hervé! avait demandé Charles, en anglais, tu viens avec nous au saumon?

Hervé connaissait suffisamment son ami pour deviner par le ton de sa voix qu'il ne souhaitait guère sa présence. Il en avait été meurtri.

— J'irai plutôt pêcher la truite avant mon départ quand Ted aura guéri sa jambe. Je préfère rester.

Sa décision réjouissait Ted. Et Évelyn aussi qui, le visage appuyé sur sa main, souriait de ses yeux verts.

— J'aimerais connaître votre fils Édouard, avait-il demandé à Charles et Évelyn.
— Va avec lui, avait répondu Charles qui avait continué une discussion animée avec Don et Bob. Je vous rejoins dans un moment.

Les rideaux tirés plongeaient dans la pénombre la chambre et le petit lit où dormait l'enfant. Hervé n'avait pu s'empêcher de relever la ressemblance avec Charles.
Au pied de l'escalier, elle s'était arrêtée pour lui demander s'il était déjà venu à La Malbaie. Il sentait la douceur de sa main sur son bras.

— Vous êtes une sorcière! Oui, je suis resté deux ans à l'orphelinat avec Charles. Deux ans volés à notre enfance!

Elle s'était dirigée vers la cuisine pour préparer le repas du petit Édouard. Hervé était retourné à la terrasse. Charles, Don et Bob formaient un groupe à part et discutaient devant une carte routière, à la recherche du chemin vers les fosses de la rivière du

Gouffre. Évelyn les avait rejoints avec l'enfant qu'Élisabeth avait endormi.

— Charles, avait soufflé Évelyn, en indiquant Édouard de la main.
— Va le coucher! On est en pleine préparation de notre voyage.

Sa voix avait surpris Hervé par son agressivité retenue. Depuis son arrivée, il avait constaté le peu d'attention que lui manifestait Charles. Elle s'était adressée à lui en quelques occasions sans obtenir de réponse, trop absorbé qu'il était par le voyage de pêche. Elle en avait été mortifiée chaque fois et il pressentait l'humiliation qu'elle ressentait face à ses hôtes et à lui-même.

La bonne humeur avait régné autour de la table. Autant les truites que le steak d'orignal étaient succulents. La tarte à la farlouche servie avec de la crème épaisse avait ravi Ted.

L'ombre fraîche descendait sur la terrasse. Au loin, le fleuve bronzait ses eaux. Les trois pêcheurs en avaient terminé avec leurs préparatifs. Élisabeth et Ted causaient à mi-voix, tandis qu'Évelyn était allée coucher le petit. Hervé avait marché sur le chemin de la Falaise pour revenir vers la villa dont la vue sur le fleuve l'éblouissait. La voix d'Élisabeth l'avait étonné par son ironie.

— Ne cherchez pas les hommes. Vous les trouverez à la salle à manger. Tiens! voici mon mari, s'était-elle exclamée, à la vue d'une forme rebondie dans la porte du patio.
— Hervé, tu viens jouer au poker?
— Non, merci! Je n'aime pas les cartes. Amusez-vous sans moi.
— Élisabeth, tu lui en parles?

— Bien sûr, darling! Ted souhaite que vous acceptiez notre invitation pour une croisière sur le Saguenay. Vous lui rendriez service : sa jambe blessée l'empêche d'aller à la pêche, tout comme de jouer au golf. Depuis deux jours, il se morfond.

Hervé gardait le silence. Sa fierté l'empêchait d'accepter une excursion dont les coûts dépassaient largement ses moyens financiers. Dans le train vers La Malbaie, il avait regretté d'avoir accepté ce voyage, lui, si loin de ce beau monde riche et insouciant qu'il côtoyait. Il se consolait à la pensée de retrouver son ami de toujours et de passer avec lui des moments inoubliables. Mais l'attitude indifférente de Charles le peinait. Seul l'intéressait, pensait-il, son propre plaisir, celui de la pêche au saumon. Et maintenant, le jeu de cartes! Pourquoi avoir souhaité sa venue à Pointe-au-Pic, s'il ne désirait pas le retrouver?

— Alors, votre réponse? lui avait demandé Élisabeth.
— À quand la croisière?
— Demain ou après-demain, selon votre désir. Promettez-moi d'y réfléchir, vous voulez bien? Ted dormira mieux, si vous dites oui.

*

Il avait hoché la tête, étonné de la supplication qu'il lisait dans les yeux bleu de mer. La fraîcheur qu'apportait l'air du fleuve était tombée avec le début de la nuit. Ils avaient suivi Élisabeth, frileuse dans sa robe de laine, à l'intérieur de la villa. Le foyer, dont la pierre provenait de la carrière de Baie-Saint-Paul, brûlait de grosses bûches d'érable. Il avait écouté Élisabeth raconter sa vie monotone à Boston depuis le départ de son fils mort à douze ans au sanatorium du lac Édouard, et sa solitude auprès d'un homme obsédé par la réussite. Évelyn, recroquevillée sur le divan, acquiesçait de la tête. Élisabeth avait pris un livre et s'était éloignée, prétextant une migraine. Il avait trouvé bizarre qu'elle les quittât si tôt.

Il s'était levé pour déposer une bûche parmi les autres qui encombraient déjà le foyer, avait sorti sa pipe, puis, indécis, l'avait déposée sur la table. Évelyn n'avait pu s'empêcher de rire doucement, ce qui avait redoublé son embarras.

— Charles ne m'avait pas dit que...
— Je l'accompagnerais?

Elle avait caché son visage dans ses mains et l'observait à travers ses doigts entrouverts.

— Je vous vois! Je vous vois! avait-il dit, amusé du jeu naïf de la jeune femme.

Une certaine gaucherie envers elle s'était dissipée. Il s'abandonnait maintenant à sa simplicité chaleureuse. Pourrait-elle revenir sur l'offre de Ted et d'Élisabeth de les accompagner dans la croisière en bateau blanc? lui avait-elle demandé. Il avait acquiescé, étonné de sa démarche.

— Vous refuserez peut-être par fierté, comme moi autrefois, de ne rien devoir à des gens riches. Décliner leur invitation les peinerait. Si vous saviez, Hervé, comme ils souhaitent votre présence!

Ted, surtout, avait-elle continué, qui n'avait que Charles pour ami. Un curieux ami qui ne se livrait pas et demeurait indifférent quand ses intérêts n'étaient pas concernés. Comment se serait-il douté que Charles et les deux Américains n'étaient venus dans Charlevoix que pour la pêche et le golf? La nature? Ils ne la voyaient même pas! Au contraire d'Élisabeth et de Ted qui la goûtaient et souhaitaient habiter ce pays et le connaître.

— Vous les rendriez tellement heureux! avait-elle conclu, s'excusant de trop insister.
— Le milieu de Charles n'est pas le mien. Je ne retrouve d'ailleurs plus le Charles que j'ai connu et apprécié.
— Moi non plus, l'homme...

Elle s'était interrompue par peur de trop se livrer, avait-il compris.

— Je devrais accepter? C'est ça? Vous désirez, vous aussi, que j'accepte?
— Oui, avait-elle murmuré.

Elle avait parlé longuement de son amitié avec Élisabeth, qu'elle rencontrait de plus en plus souvent à Barton, quand celle-ci accompagnait son mari. Que ruminait-il avec Charles? Ni l'une ni l'autre ne connaissaient leurs projets.

Hervé se surprenait du rapprochement entre Charles et Ted. Charles n'avait-il pas été excédé de cette amitié encombrante auparavant? Elle s'inquiétait de la présence accrue de son frère, Burny, comme il demandait qu'on l'appelât. « Un combinard », qui devenait de plus en plus indispensable à son mari.

*

Sur le chemin de gravier où il marche auprès de moi, la lune verse une clarté laiteuse. Il s'efforce de se souvenir de ces heures auprès d'elle où le temps s'était arrêté. Il retrouve ses yeux couleur de nuit qui ne se dérobaient pas quand il la regardait, son corps abandonné sur le sofa, sa main qui avait longuement effleuré la sienne quand elle avait offert un café, lui qui n'en prenait jamais avant son coucher.

    — Vous saviez qu'elle vous aimait?
    — Penses-tu! On était tellement ignorant et naïf sur les choses de l'amour.

J'écoute, attendri, le vieil homme raconter la naissance de son amour avec une jeune femme esseulée, dont il connaît la sensibilité écorchée, la quête éperdue de tendresse. Je le revois, là, dans l'immense salle, devant le feu qui flambe, indifférent à la rumeur indistincte qui monte quelquefois de la salle à manger où s'affrontent les joueurs.

    — Je me souviens de ma tristesse quand je me suis levé pour aller dormir. J'ai prétexté la fatigue du voyage et mon peu d'habitude des longues soirées. « Mais, Hervé, il n'est pas encore dix heures », avait-elle dit, légèrement déçue. Elle s'est approchée jusqu'à me toucher. J'ai la certitude, André, qu'elle ne cherchait pas à me provoquer, inconsciente elle aussi de ce sentiment diffus qui palpitait en elle.

*

Il avait peu dormi. Sur ses paupières fermées, dansait, à travers les flammes, la silhouette gracieuse d'Évelyn. Quand il s'était levé vers cinq heures, comme d'habitude, il était descendu saluer Charles et ses deux amis et leur souhaiter bonne pêche. Un sentiment d'inconfort l'avait envahi devant l'attitude réservée de

Charles. L'ennuyait-il à ce point? se demandait-il, de retour à sa chambre. Il regrettait sa démarche.

À travers la fenêtre, s'allumait l'horizon au-dessus de la brume légère du fleuve. Il serait parti avec Charles s'il avait ressenti chez lui le besoin impérieux de sa présence. Il regrettait le détachement insolite de son ami davantage que le plaisir de ferrer un gros saumon.

La maison se réveillait. Les pas hésitants d'Édouard dans l'escalier, les chuchotements d'Évelyn lui rappelaient ceux de Mariette et de leurs petits. Il était resté dans sa chambre, désœuvré, malgré son désir de retrouver la jeune femme.

Chapitre 10

— Ted, quand partons-nous en croisière? avait demandé Hervé. Le Saguenay, c'est la plus belle rivière au monde. Celle de mon pays! avait-il dit, en sirotant son café sur la terrasse, après son déjeuner.

Élisabeth s'était levée pour l'embrasser. La joie de Ted le bouleversait par sa naïve tendresse.

— Évelyn, lui avait-il demandé en français, pourquoi un tel bonheur?

— Ce voyage signifie pour eux que vous acceptez leur amitié, au-delà d'une fortune qui les accable quelquefois. Ils ne sont plus seuls. Ils craignaient votre refus.

Ted les avait entraînés dîner au Manoir Richelieu. Hervé avait été agacé par la clientèle mondaine qui étalait son opulence dans le spectacle frivole des robes et des costumes.

Il descendait le vaste escalier quand Évelyn lui avait pris le bras pour aller vers la terrasse dont la vue en plongée donnait sur le fleuve. Appuyée sur la rambarde, elle s'était retournée pour lui demander :

— Vous aimez votre séjour?

— Répondez pour moi, vous voulez? lui avait-il suggéré.

— Dans quelques jours, vous ne pourrez plus supporter l'oisiveté de cette société riche et prétentieuse.

— Elle fait vivre les gens, de Charlevoix, bien sûr. Pourvu qu'ils ne perdent pas leur âme! Charles s'y plaît?

— Tout à fait. Il aime l'argent pour les privilèges et pour le pouvoir qu'il lui accorde. Pourquoi méprise-t-il trop souvent les braves gens qui le servent? Son attitude m'horripile et a provoqué entre nous des discussions orageuses qu'il termine toujours en s'enfermant dans le silence. Il lui semble naturel que les lacs où il est allé pêcher appartiennent à un club privé, américain ou anglais. Les gens d'ici ou du lac Édouard sont des braconniers, répète-t-il, sans sourciller.

— Charles a vécu une enfance de pauvre, comme moi. Mais lui ne l'a jamais acceptée. Charles est un humilié. Vous le savez, Évelyn?

— Qui se venge, me direz-vous. Mais il s'y complaît.

— Votre dureté viendrait-elle de votre vie pas tellement heureuse? Charles vous a déçue?

Elle avait les yeux pleins de larmes. Le ton accablé de sa voix l'avait surpris par une détresse longtemps refoulée. Il n'osait continuer, incapable de mentir. Aux parents de Lowell, il avait affirmé : « Charles, fermé à double tour. » La clef qu'il avait possédée, celle de leur enfance et de leur adolescence partagées, il ne pouvait la lui offrir à elle. La gardait-il encore? Il ne savait pas.

— Je n'ai pas réussi à me faire aimer, avait-elle murmuré.

Les Bostoniens venaient vers eux. Élisabeth avait entraîné Évelyn vers le Casino, invitant Hervé à les suivre à la piscine d'eau de mer. Il avait refusé.

Il craignait qu'à travers sa générosité, l'Américain ne veuille se l'attacher. Ou plutôt, se disait-il, qu'il tente de combler par ses dons le drame inavoué de sa vie d'homme en mal d'affection. Cette servilité apparente de Ted l'indisposait. Il redoutait que la compassion, davantage que l'amitié, ne l'unisse à lui. Ce sentiment, il ne le désirait pas.

Distrait, à travers la voix rocailleuse de Ted, il retrouvait le visage de Charles. Leur vie tissée de petits bonheurs, de malentendus vite résorbés, de tensions inévitables s'était déroulée à travers le temps. À un moindre degré, il avait vécu auprès de ses autres amis la même complicité virile qu'il souhaitait trouver chez Ted.

Du Manoir, ils avaient roulé vers la maison de campagne, avaient réussi à trouver de vieux vêtements, puis s'étaient dirigés vers la grève, accompagnés de monsieur Tremblay.

*

— Hervé, qu'est-il arrivé à Ted? l'avait apostrophé Élisabeth à son retour à la villa. Vous avez vu ses mains, ses bras? Des échardes, des écorchures partout. Il boite davantage.

Son indignation feinte n'avait pas ému Hervé. Mystérieux, il n'avait pas davantage répondu aux interrogations d'Évelyn.

La bonne humeur régnait autour de la table. Ted et Élisabeth se surprenaient de constater à quel point le départ des trois pêcheurs avait allégé l'atmosphère. Évelyn avait baissé la tête. Malheureux, leurs hôtes s'étaient excusés.

*

L'arrivée des deux femmes, que Ted était allé chercher à la brunante, avait été accueillie sur la plage par une gigue endiablée que jouait un violoneux. Leur surprise avait été totale. La fille de monsieur Tremblay, le gardien de la villa, et ses amis, plusieurs de ses oncles et tantes, cousins et cousines frappaient des mains pour marquer le rythme, tandis qu'une pyramide de bois de grève flambait et rougeoyait l'eau du fleuve. Hervé avait invité Élisabeth, monsieur Tremblay avait entraîné Évelyn. Les galets avaient beau écorcher les pieds, les danseurs nombreux n'en continuaient pas moins à tourner, à virevolter, entraînant leurs danseuses dans une ronde échevelée.

— Vous êtes merveilleux! avait murmuré Évelyn, quand Hervé l'avait fait danser.

Elle s'appuyait sur lui, rythmant ses pas sur son partenaire. La passion de la musique la soulevait, petite fille heureuse qu'il guidait d'une danse à l'autre, sans qu'elle veuille arrêter. Un moment, la pensée de Charles l'avait effleurée, comme un mauvais songe dans l'ivresse de son bonheur. Hervé se surprenait à goûter sans remords la présence d'Évelyn.

— Demain, le *Richelieu* quitte tôt le quai de Pointe-au-Pic, avait dit Élisabeth en se levant.
— Je dois éteindre le feu par mesure de précaution. Je vous rejoindrai bientôt.
— Je reste avec vous, Hervé.

Élisabeth avait regardé son amie et souri avant de se diriger vers l'auto avec Ted. La famille Tremblay et leurs amis avaient marché ensemble avant de disparaître dans la nuit.

Il craignait et souhaitait en même temps le retour à la villa avec Évelyn dans cette nuit chaude de fin de juin, chargée de tendresse, avait-il dit. Comme si le feu qui avait dévoré le bois de grève allait les embraser. À partir de ce moment, tout basculerait. Il n'avait pas résisté, poussé peut-être par le secret désir que tout s'accomplisse.

— Et Évelyn?
— Je devinais qu'elle ne souhaitait que cette rencontre.

Il ne cherchait pas à démêler le désir de l'amitié qu'il croyait cultiver envers elle. Cette soirée et les deux jours depuis son arrivée avaient dévoilé ce qu'il enfouissait au plus profond de lui-même. Il aimait cette femme. Elle l'aimait. Elle, la femme de son meilleur ami, comme si rien ne comptait de ce qui les avait unis, Charles et lui.

Évelyn lui avait pris le bras. Ils avaient marché un moment, sans parler. Elle devait écouter battre son cœur, pensait-il, aussi fort que le sien. Inutile de préciser, disait-il, que dans le rang Saint-Benoît, il avait peu l'habitude de se promener, sous la lune de fin de juin, au bras d'une jeune femme dont il était amoureux, sans se l'avouer!

— Amoureuse de vous, elle aussi. Vous en étiez conscient? ai-je ajouté, curieux de sa réponse.
— Plutôt flatté de goûter un bonheur inconnu auprès d'une jeune femme passionnée, tellement différente de Mariette que je connaissais depuis toujours. Celle-ci m'était destinée, disait-on autour de nous. On s'était fréquentés les bons soirs. Le mariage avait suivi. Et trois enfants. Avec Évelyn, c'était pas pareil, tu comprends? Nous nous embarquions dans une aventure sans issue, poussés par une passion qui nous briserait, attentifs au seul moment de chacune de nos rencontres.

Ils avaient quitté la grève pour le chemin des Falaises. L'air avait fraîchi. Elle s'était serrée contre lui, pour se réchauffer, disait-elle. Ils avaient ri du léger mensonge et marchaient lentement à la recherche du contact de leur hanche et du poids d'Évelyn sur le bras d'Hervé.

— Tu sens bon la résine et la fumée.
— Et tes cheveux, les fleurs de mon jardin, lui avait-il répondu, tourné vers elle.
— Comme tu es différent de lui! Curieux qu'il soit avec nous, avait-elle murmuré, s'excusant de son propos inutile.

Plutôt que de répondre, il lui avait pris la main qu'elle avait chaude et très douce. Évelyn s'était arrêtée, avait levé vers elle leurs deux mains réunies.

— Elle se perd dans la tienne. Une main forte, protectrice comme toi.

Elle avait caché son visage dans le creux de la main noueuse, en avait baisé la paume un long moment. Comme le parfum d'Évelyn qu'il respirait, une douceur enivrante avait coulé en lui.

— Tiens-moi très fort.

Elle s'était appuyée contre lui, tandis qu'il entendait le bruissement irrégulier de sa voix.

— Je n'en pouvais plus, Hervé, d'attendre ce moment. J'ai appris par tes lettres que je t'aimais. Ne m'en veux pas. T'aimer durant ces quelques jours me fera revivre. Aime-moi, toi aussi. Le reste n'a pas d'importance.

Il sentait la chaleur des lèvres avides sur son cou. Dans un geste brusque, il avait pris son visage, contemplé l'ovale parfait ainsi que les minces sourcils et les yeux qu'elle avait tenu ouverts avant de les fermer sous les baisers. Il avait parcouru, de ses lèvres, le front, les joues, le début des épaules avant de joindre ses lèvres aux siennes qui s'entrouvraient. Ils respiraient au même rythme, mélangeant leur salive pendant qu'ils découvraient leurs bouches. Un long tremblement l'avait secouée. Sa respiration saccadée s'était apaisée peu à peu.

— Tu as les joues toutes rouges. Ma barbe...

Elle s'amusait de la crainte d'Hervé qu'ils ne soient découverts.

— Mais non! C'est le froid. Je suis heureuse. Et toi?
— Moi aussi.

Elle avait peur que le remords ne l'envahît bientôt, lui, l'homme sérieux et l'ami fidèle et qu'il assombrît le bonheur qui la submergeait.

Ils étaient entrés dans la salle de séjour. Élisabeth, un livre sur les genoux, malgré l'heure tardive, les attendait. Ted, exténué, dormait déjà sans doute. Hervé croyait retrouver dans l'ondulation des flammes du foyer les formes embrasées du corps d'Évelyn.

Rien dans l'attitude d'Évelyn ne révélait l'amoureuse passionnée qu'il avait tenue dans ses bras quelques instants plus tôt. La légère fébrilité qu'il décelait cependant dans sa voix la trahirait-elle auprès d'Élisabeth? La fixité du regard de celle-ci l'indisposait. Elle avait précisé l'heure du départ de la croisière et la hâte de Ted de découvrir le Saguenay. Qu'avait-elle deviné? Pourquoi insistait-elle pour qu'il lui parlât de ses enfants, en plissant les yeux dans un sourire indéfinissable, croyait-il? Au-delà de la mère endeuillée et de l'hôtesse qui cherchait à intéresser son invité, il soupçonnait la subtile leçon de la chrétienne.

Ils avaient quitté la salle de séjour peu après le départ d'Élisabeth pour s'arrêter à la porte de la chambre d'Hervé. Elle avait saisi sa large main et l'avait posée sur son cœur. Il avait pressé ses doigts pour le sentir palpiter comme un oiseau affolé et pour garder le souvenir de la rondeur de son sein, au bord de la nuit.

— Tu sais, André, te révéler les premiers gestes d'amour qui nous ont unis, Évelyn et moi, ça me fait curieux de ne pas en être embarrassé. Et puis, qu'ils demeurent si précis et si doux, après tant d'années! Faudra t'habituer, j'ai pas fini!

Notre rire enlève la gêne qui aurait pu se glisser entre nous.

Chapitre 11

— Tu sais, André, je suis peu bavard d'habitude, comme un gars de la campagne.

— Ah bon! ai-je repris pour le taquiner.

— Ne te moque pas. C'est vrai, poursuit Hervé en posant sa main sur mon bras.

Le long bateau blanc avait quitté le quai, très tôt le lendemain, dans les cris des mouettes et le soleil qui plombait la mer. Ils s'étaient appuyés au bastingage du deuxième pont du *Richelieu*, à regarder défiler l'horizon. Ted l'avait entraîné vers deux chaises longues.

Il se souvenait des paroles de l'Américain, après plus de quarante ans. Des paroles tristes, désabusées, tellement opposées aux rêves que sa fortune semblait offrir. Il était venu à Pointe-au-Pic pour répondre au désir de Charles et de son beau-frère. Il aimait bien la pêche, mais il désapprouvait la folle passion de Bob et de Don; il condamnait aussi celle de Charles. La conduite de celui-ci envers son meilleur ami le révoltait. Tout cela pour quelques saumons!

Ted reprenait, en soulignant l'attitude mesquine, agressive de Charles envers Évelyn. Qu'il ait souhaité aller à la pêche avec Hervé et les autres, bien sûr!... Dans le silence qui avait suivi, Hervé avait soupçonné Ted de cacher, sous son désintéressement et ses reproches, la déception de ne pouvoir rapporter une prise superbe. Élisabeth ne lui avait-elle pas révélé que Ted s'était exercé plusieurs fois par semaine, durant un mois, dans un club sélect de Boston? Son besoin de briller et d'être aimé trouvait peut-être sa source dans les moqueries qui l'avaient abreuvé depuis l'enfance, lui, le gros, qu'on repoussait et tournait en ridicule.

Hervé avait sursauté quand Charles, à Lowell, avait décrit l'Américain comme un paysan imbécile qui savait gagner de l'argent. « Et toi, tu veux t'associer avec lui? Pourquoi? » lui avait-il répondu, furieux d'un tel mépris.

— C'est par Ted que d'autres changements chez Charles me sont apparus, moi qui ne l'avais pas côtoyé depuis plusieurs années, continue le vieil homme qui s'est arrêté un moment de marcher.

Comment comprendre, s'interrogeait Ted, le désintéressement dont Charles faisait preuve quelquefois et son âpreté à dépouiller par contre un débiteur jusqu'au dernier sou? Il admirait son sens des affaires, mais redoutait sa témérité qui l'avait bien servi. Jusqu'à quand? Comme s'il jouait quelquefois à quitte ou double, avec une désinvolture absurde qui paraissait désespérée par moments. Malgré ses réserves, il avait souhaité que Charles devînt son partenaire en affaires. Par bribes, Charles lui avait révélé certains de ses projets. L'achat d'une scierie, non loin de Lowell, avait été complété quelques jours avant son départ pour Charlevoix. Elle serait bientôt agrandie et la gérance, confiée à Burny, « la grande gueule », comme l'appelait Ted dédaigneusement. Charles avait acheté non loin de Boston une autre scierie et une cimenterie. Comment avait-il acquis un immense terrain du côté d'Arlington? La manie du secret de son ami le décevait cruellement.

Des sociétés que Ted possédait, Charles avait demandé la présidence de l'immobilière dont la croissance sous sa direction avait été fulgurante. Il avait compris que les acquisitions réalisées ces derniers temps alimenteraient la construction de résidences luxueuses à

Arlington. Charles érigerait sa propre demeure parmi celles qu'achèterait une clientèle huppée : médecins, avocats, présidents de compagnies, universitaires. Ted se souvenait du ricanement sinistre de Charles.

Feignant l'indifférence, Hervé avait demandé si Évelyn connaissait le projet de Charles de s'établir à Boston dans les prochaines semaines. Elle n'en savait rien, comme pour le reste d'ailleurs. Leur mariage, une erreur de parcours, croyait-il. Charles pouvait-il aimer une femme et tout partager avec elle? L'Américain avait haussé les épaules. Et pourtant, son fils, Édouard, comptait plus pour lui que sa propre vie.

Dans ses voyages de plus en plus fréquents à Boston, Charles amenait « sa secrétaire », insistait Ted, interchangeable chaque fois. Il la lui présentait par provocation ou désir d'épater. Ted en avait le cœur chaviré. Comment délaisser Évelyn si belle et si cultivée – une maîtresse d'école – pour ces filles trop souvent insignifiantes et vulgaires? Était-ce le besoin de se détruire et de détruire autour de lui? avait songé Hervé, en regardant une goélette chargée à ras bord.

Il aurait souhaité s'affranchir de la sollicitude de Ted devenue encombrante et contempler l'embrasement du soleil qui rougeoyait les eaux du fleuve. Poursuivre, rêveur, les yeux verts d'Évelyn et la tendresse de son corps. Il retrouvait Charles auprès d'elle, entouré de ses secrétaires, indifférent, qui le fixait de ses yeux crevés. Il comprenait la solitude irrémédiable d'Évelyn.

Depuis son lever, une souffrance ténue irradiait son ventre, celle d'un remords qu'il nourrissait du désir de la femme de son meilleur ami. Il s'efforçait d'écouter Ted, malgré la rumeur incessante de sa conversation amoureuse et désespérée avec Évelyn, et celle pleine de reproches, avec Charles qu'il avait trahi. « Tu ne la mérites pas, pauvre égoïste. Bon pour toi, ce qui t'arrive! » Mais ses griefs contre Charles n'évacuaient pas le sentiment pénible de la tricherie. La honte qu'il ressentait ne l'empêchait cependant pas de retourner à son amour. Élisabeth et Évelyn venaient vers eux. La jeune femme s'était assise près de lui et avait effleuré sa main. Le geste n'avait pas échappé à Élisabeth.

Après le départ de leurs amis qui allaient se changer pour le souper, elle avait relevé l'irritation qu'il n'avait pu cacher. Inquiète, Évelyn s'était penchée pour plonger ses yeux dans ceux d'Hervé et chercher à découvrir la raison de son désenchantement. À travers ses propos confus, elle avait compris la gêne d'un homme peu habitué à dévoiler ses sentiments qu'il jugeait équivoques et qui pourraient les compromettre. Il avait regretté son propre agacement, reconnaissant sa duplicité. Pour se faire pardonner, il avait pris la main de la jeune femme alors qu'elle avait cherché à s'éloigner de lui.

Comment pourrait-elle jouer l'indifférente et rendre insensibles ses yeux, sa voix, son corps, quand tout en elle vibrait de lui, avait-elle dit, en l'accompagnant vers le couloir de leurs cabines voisines l'une de l'autre. Il avait ouvert la sienne et avait attiré Évelyn vers lui pour l'embrasser longuement.

Élisabeth et Évelyn auraient souhaité entraîner Hervé vers la salle de bal d'où on entendait l'orchestre jouer des airs de valse et de fox-trot. Il s'y était refusé, pré-textant son refus de se changer de nouveau. Évelyn se doutait que, dans la province de Québec, gouvernée par le clergé, danser équivalait à un péché. Rieur, Hervé lui avait confié en français qu'il ne savait pas danser.

Le va-et-vient des vacanciers, le moutonnement des vagues sous la brise le distrayaient des propos de Ted qui racontait pêle-mêle sa vie, la mort de son fils, ses affaires. Non, il n'avait jamais osé se confier à Charles qui l'aurait trouvé grotesque et braillard.

Les deux femmes les avaient rejoints. Hervé avait vu

apparaître Évelyn, éblouissante dans sa longue robe pâle qui amincissait sa taille. « La sorcière », murmurait une voix intérieure qui répondait au désir qui montait en lui.

Le long bateau blanc avait franchi l'estuaire du Saguenay et avait continué sa course dans la nuit avant de s'immobiliser. Des projecteurs puissants avaient balayé les falaises pour se fixer sur la statue de la Vierge, au sommet d'un pic. Une voix de ténor avait chanté l'*Ave Maria* de Schubert. Appuyés au bastingage, silencieux, ils regardaient la blanche apparition parmi les étoiles qui éclaboussaient le ciel. Évelyn avait saisi la main d'Hervé, émue de ce moment unique. Élisabeth et Ted s'étaient retirés. La jeune femme les avait suivis, sentant confusément qu'Hervé désirait demeurer seul. Elle avait effleuré de ses lèvres la bouche aimée.

Le *Richelieu*, à mesure qu'il filait ses nœuds, rapprochait Hervé de son pays, le Saguenay, là où battait sa vie, pleine et libre, loin des heures désœuvrées qu'il gaspillait depuis son arrivée à La Malbaie.

L'angoisse avait surgi avec le rappel soudain de ses trois petits et du besoin douloureux de les couvrir dans leur sommeil avec les couvertures tissées par Mariette, leur mère.

La vision fugitive d'un Charles bouffi, indifférent, avait effacé la présence de ses propres enfants. Il ressentait l'immense nostalgie de sa jeunesse enfuie et le remords de lui avoir été infidèle. Charles n'en avait-il pas partagé les moments indicibles? Par quelle fatalité celui-ci était-il devenu cet homme implacable, impuissant à se faire aimer, mais qui gardait pour lui, Hervé, une amitié indéfectible. Comment Charles avait-il pu aimer Évelyn de toute son âme, en ces jours du Château Frontenac? Quelle malédiction portait-il pour avoir conduit sa femme vers son meilleur ami?

*

Aspiré par un passé qui le hante et un secret dont il se délivre peu à peu, le vieil homme marche auprès de moi, oublieux du temps et de la fatigue qui m'engourdit. À travers le récit de son amour filtre sa peine d'avoir trahi son ami, mon père. Comment le lui reprocher?

— Tu sais, André, on n'entretient pas un feu sans qu'il s'enflamme. Évelyn et moi, on n'avait rien fait pour ne pas être consumés. Faut bien te le dire, je ne connaissais rien à l'amour, à un amour devenu une obsession. Évelyn, je crois, ressentait la même faim, la même soif. Tu ne penses, tu ne vis, tu ne rêves qu'à l'être aimé... Oui, un feu!

Il marche de nouveau, mains derrière le dos. Le silence entre nous s'épaissit. Il y entre un moment, envahi par les souvenirs qui déferlent en lui. Sait-il ma présence à ses côtés?

Je l'écoute, interdit d'abord par le débordement d'une passion refoulée qu'il évite de censurer, mû par le besoin, me semble-t-il, de tout révéler d'un passé qui l'obsède et dont il veut se délivrer. Il cherche quelquefois un mot, une expression qui rendent plus vivantes les visions qui l'ont emprisonné durant toutes ces années, évitant de cacher par pudeur ce qui les avait enchaînés l'un à l'autre.

*

Sans attendre l'arrivée du bateau à Port-Alfred, il était retourné dans sa cabine, avait pris une douche, s'était étendu sur le lit étroit.

Le fragment de ciel rempli d'étoiles qu'il entrevoyait du hublot le laissait indifférent, trop absorbé qu'il était par la lente songerie du visage et de la bouche d'Évelyn. Il avait pris un livre qui aurait pu exorciser le trouble qui le poursuivait. Mais en vain. Il refusait de tricher sur son égarement, incapable cependant de résister au douloureux bonheur de retrouver son amour à ses côtés, comme hier, sur le chemin des Falaises.

Un coup discret à la porte. Elle était là, dans sa robe de chambre, appuyée sur la porte qu'il avait refermée. Ses yeux sombres, inquiets, guettaient le visage de son bien-aimé.

— J'ai voulu te dire bonne nuit...
— Bonne nuit, ma petite biche!
— Je n'en pouvais plus de ne plus te voir, de ne plus te toucher.
— Viens! avait-il murmuré d'une voix qu'il ne reconnaissait pas.

Elle restait figée, anéantie tout à coup par la crainte qu'il la trouvât indécente, alors qu'elle n'avait pensé à rien d'autre qu'à lui offrir son amour et à le partager tout entier avec lui.

Hervé était allé vers elle, surpris de voir ses yeux s'embuer.

— Qu'est-ce qui t'arrive?

Elle ne parvenait pas à s'exprimer, trop secouée par la peur de lui sembler indigne. Il avait enfin entendu sa voix toute menue.

— Tu ne me trouves pas trop... dévergondée?
— Tu es ma reine, Évelyn!

Il était devant elle, agenouillé, à regarder son visage retrouver son sourire et sa passion contenue. L'impulsivité d'Évelyn cachait une réserve, une timidité, il le savait maintenant, qui rejoignait en lui un besoin de la couvrir de douceur, de la lover dans le creux de sa tendresse.

Ses mains caressaient les longues jambes et les cuisses fermes, embrassaient leur intérieur, puis revenaient lentement vers les chevilles, en un lent mouvement. Pour ne pas l'effaroucher, il n'avait pas cherché à la dévêtir. Il effleurait la courbe de ses hanches et la tendresse de son ventre.

Elle avait posé une main dans les cheveux d'Hervé quand son sexe s'était embrasé sous la douceur des embrassements.

— Non, non! avait murmuré sa voix à peine audible.

Il avait continué. Elle s'était reculée d'un pas, secouée d'un tremblement convulsif.

— Arrête, Hervé, je ne pourrai pas t'attendre.

Quand il s'était relevé, elle avait pris son visage, laissant couler à ses pieds la robe de chambre.

— J'ai peur que tu...
— Me trouves trop belle, l'interrompait Hervé d'un baiser. Ton corps est superbe. Et tu le sais!
— Non! personne ne me l'a jamais dit, comme toi.

Elle avait placé ses mains le long de son corps, dégagée d'une gêne qui la paralysait, heureuse du regard de son amour sur elle.

— Toi aussi, tu es superbe. Élancé et fort comme un bel érable.

Elle le dévêtait, étonnée de plaisir à caresser son

torse, son ventre, ses cuisses. Il la tenait contre lui, dans la joie partagée de leurs corps rassemblés.

Sur le lit étroit, ils s'apprivoisaient dans la lenteur de leurs caresses. Le visage niché au creux de l'épaule d'Hervé, elle écoutait le battement de son désir s'enfler à mesure qu'il parcourait ses hanches, son dos, ses épaules. Il l'avait fait rouler sur lui à la recherche de son ventre et de ses seins qu'elle lui offrait, alors qu'elle l'encerclait de ses cuisses. Ses cheveux s'épandaient sur son visage. Il les avait dégagés pour rencontrer ses lèvres et clore la plainte légère qu'elle ne pouvait retenir. Il était maintenant en elle, vrillé à elle, épousant le roulis de leurs corps qui sombraient soudain dans l'éclatement de leur désir. Ils se retrouvaient, éblouis, baignés de tendresse et de reconnaissance l'un envers l'autre.

Il s'était penché sur Évelyn pour contempler son corps doré par les reflets feutrés de la lampe de chevet, ensorcelé par son visage qu'il embrassait pour ne jamais l'oublier. Les yeux mi-clos, elle observait les traits de son amour pour chercher, elle aussi, à les inscrire à jamais dans sa mémoire. L'angoisse maintenant les avait rejoints, qui rendait plus amères leurs étreintes. Couchés l'un près de l'autre, ils ressemblaient, pensait-il, à ces gisants qu'un sculpteur inconnu avait fixés sur les dalles d'une cathédrale italienne, et qu'il avait vus autrefois dans un livre d'art, à l'Université Laval.

*

Quand monsieur Gilbert avait émergé de son long monologue, il s'était souvenu de cette image des gisants, pour m'expliquer la désolation qui les avait déchirés, à la pensée qu'ils se quitteraient pour toujours. Le temps effacerait peu à peu les traits de leurs visages, tandis que leur amour flotterait comme un doux souvenir qui effleurerait quelquefois leur mémoire assoupie.

Il l'avait prise de nouveau, brutalement, pour oublier leur désespoir et ne garder que le plaisir de se perdre l'un dans l'autre. Elle l'avait quitté avant que ne se lève le jour.

Il avait roulé dans un sommeil agité pour s'éveiller en sursaut, paralysé par une peur mortelle. Ligoté, incapable du moindre mouvement, il regardait, dans son cauchemar, un homme vêtu de noir danser devant un brasier qu'il avait allumé. Les flammes léchaient les murs, rampaient vers le fauteuil où il était cloué. Immense, l'homme s'avançait, le visage caché par l'ombre de son chapeau. La lueur de l'incendie avait soudain éclairé ses prunelles sanglantes et ses mains aux doigts effilés, diaphanes, qui cherchaient à l'étreindre.

Avait-il crié de terreur? Il s'était retrouvé assis dans son lit, le visage couvert de sueur et le cœur battant comme un tambour. La lampe qu'il avait oublié d'éteindre éclairait la cabine d'une pâle lueur. Il s'était avancé vers le hublot pour regarder l'aurore éclater comme un bouton orange au-dessus de Port-Alfred. Il s'était recouché, emporté de nouveau dans un sommeil qui avait engourdi le malaise tenace qu'il allait retrouver au réveil.

Le *Richelieu* avait-il accosté à Tadoussac? Et les bélugas, ces marsouins dont l'entretenait monsieur Tremblay, un ancien de l'Île-aux-Coudres, quand les avait-il croisés dans leurs plongeons, dans leur course insouciante et enjouée?

De Charlevoix, seuls survivaient, lumineux, intacts, les moments vécus auprès d'Évelyn. Sans cesse repris au fil des jours, ils s'étaient fixés sur l'écran de sa mémoire, comme ces fossiles incrustés dans l'argile depuis des millénaires. Certains souvenirs surgissaient quelquefois à son appel pour éclairer, commenter leur amour; d'autres, inutiles, dormiraient pour toujours en lui comme des reliques à jamais perdues.

Parmi les souvenirs qui jaillissaient soudain dans leur nostalgie douce-amère, se dégageait le pique-nique aux chutes Fraser. Il ne cherchait pas à se rappeler si Ted et Élisabeth les avaient accompagnés ou s'ils s'étaient enfuis dans l'une des autos laissées à la villa. Combien de fois, dans ses moments de rêverie, le fracas des chutes qui dévalaient les rochers l'avait-il entraîné vers elle? Il la retrouvait chaque fois, en un rituel immuable, gravissant avec lui le sentier rocailleux qui les conduisait jusqu'au sommet. Ils remontaient ensuite la rivière dans sa course opposée vers les cascades et continuaient sur la piste étroite égarée parmi les aulnes. Les deux billots jetés au-dessus de l'eau noire qui bouillonnait les avaient aidés à traverser la rivière. Il avait ressenti la frayeur d'Évelyn dans la main qui s'agrippait à la sienne.

L'herbe haute avait caché leurs corps. Malhabile, il avait dégrafé le corsage, tandis qu'elle enlevait sa chemise. Leurs gestes précipités les faisaient trembler de hâte et de désir. Elle s'était couchée sur lui, dévorant son visage.

Ils étaient maintenant l'un près de l'autre, emmêlés, jouissant de leur amour dans le soleil somptueux qui présidait à leur joie. Il savourait la douceur du corps gracieux et elle, la dureté du sien, aux épaules fortes, qu'elle caressait d'un mouvement régulier. Elle s'était couchée sur le dos, tandis qu'il caressait ses seins qu'elle trouvait beaux parce qu'il le lui avait dit. Elle l'avait conduit en elle, incapable d'endurer plus longtemps la souffrance exquise qui l'appelait.

Hervé avait retrouvé les yeux verts, les lèvres trop rouges de baisers. « Tu as les yeux pailletés d'or », lui avait-elle dit. Il s'abreuvait chaque fois de ses paroles et de son rire mêlés bientôt aux larmes d'être rejetés sur une plage aride et désolée, celle d'un adieu qu'ils savaient inéluctable. Il avait oublié sa culpabilité envers Charles, balayée par le mal qui traversait son corps et l'absorbait à lui faire éclater la tête.

Il s'étonnait de constater l'emprise d'Évelyn sur elle-même. Rien de sa peine ne paraissait quand Élisabeth était venue vers eux et lui avait pris le bras pour la conduire vers la terrasse, alors qu'il avait préféré marcher vers le chemin des Falaises pour s'y retrouver seul et calmer le tremblement intérieur qui l'agitait.

Chapitre 12

Monsieur Tremblay attendait Hervé près de la villa pour lui remettre un télégramme apporté au milieu de l'après-midi.

Régis, à l'hôpital – stop – État stable. Ne t'inquiète pas – stop – T'attendons.

Mariette

— Un coup de massue m'avait fait revenir à la réalité, celle d'Hervé Gilbert, du rang Saint-Benoît. Régis, mon fils aîné de cinq ans, était gravement malade. On n'allait pas à l'hôpital, chez nous, à l'époque, pour une grippe ou un mal de tête. Il fallait partir au plus vite le retrouver. Ces mots terribles me martelaient les tempes : « S'il fallait qu'il meure! »

Ted et Charles s'étaient approchés. La main de Charles sur son épaule, comme une brûlure. Charles et Ted ne savaient que dire. La présence d'Hervé dérangeait le bonheur de Don et de Bob. Au téléphone, il avait donné à télégraphier son retour à la maison pour le lendemain.

Il avait subi les libations fortement arrosées, le souper bruyant, les digestifs dans la salle de séjour pour fêter les saumons superbes! Avant d'aller rejoindre les hommes à la salle à manger pour l'inévitable poker, Charles, d'une voix éméchée, lui avait lancé devant Évelyn :

— Votre pique-nique, ça s'est bien passé?

Interloqué, il n'avait rien trouvé qu'un... « Oui, bien sûr! »

L'air gouailleur de Charles l'avait ébranlé, de même que les nombreux verres d'alcool qu'il avait ingurgités.

Le départ d'Élisabeth pour rencontrer une nouvelle amie l'avait laissé songeur. Elle reviendrait vers la fin de la soirée pour le conduire à la gare. En se levant, elle les avait regardés tous les deux et avait hoché la tête, lui semblait-il. Il se retrouvait seul avec Évelyn dont les yeux fixés sur lui s'étaient embués.

— Il ne faut pas, ma petite biche! Tu as entendu Charles? Que voulait-il laisser entendre?

— Je ne serais pas surprise qu'il sache que nous nous aimons.

— Tu es folle! avait-il répondu, décontenancé.

— Et qu'il en soit heureux!

Bouleversé par la confidence d'Évelyn, il était incapable de comprendre. Comment pouvait-elle imaginer une telle invraisemblance?

— Charles n'aime qu'Édouard, un miroir dans lequel il se projette.

Une légère rougeur avait envahi son visage. Elle avait continué, non sans effort :

— Charles ne m'aime plus, s'il m'a jamais aimée. Il a déjà voulu me partager avec un autre homme qui lui proposait sa femme consentante. Des femmes, il en collectionne. Ça flatte son instinct de chasseur!

Elle a ri d'un rire éteint, douloureux.

— Par quel miracle t'aime-t-il autant, lui qui ne sait pas aimer? Depuis l'enfance, vos vies se confondent. Comme si tu ne faisais qu'un avec lui. De là à ce qu'il m'offre à toi...
— Mais c'est insensé!
— Tu es Hervé, pas Charles!

Elle avait baissé la tête pour éviter son regard.

— J'aurais souhaité partager ce secret avec toi seule.
— Tout comme le fait qu'il m'a violée, cette nuit?
— Excuse-moi, Évelyn. Je suis si gauche et si peu habile à te consoler.

Elle laissait couler ses larmes, sans honte.

— Si tu savais comme je me sens coupable! avait-il murmuré.
— Qu'est-ce que tu dis? Que tu m'aimes, mais c'est le plus beau don que j'aie reçu! Moi, je ne me sens pas coupable d'avoir forcé ta conquête... Ne plus retrouver ta prévenance, ta tendresse, ce que l'autre ne m'a jamais donné. Ce sera affreux, je le sais. Mais tu m'auras permis de connaître comment on peut être aimé.

Elle s'était avancée sur le bout du fauteuil, avait voulu prendre sa main, puis s'était éloignée.

— Ce que nous avons vécu est un moment essentiel de ma vie. Comme moi, ne le regrette pas.
— Que vas-tu faire?
— M'occuper d'Édouard. Chercher à t'oublier. Autrement, j'en crèverai. Reprendre l'enseignement, ce qui comblera ma vie.
— Tu vas le quitter?

— Je perdrais mon enfant. Continuer à vivre pour le petit, même s'il faudra le subir quelquefois.

Elle avait hésité un instant, avant de continuer.

— Entre nous, Charles a toujours été présent. Je l'ai senti dès le départ. Ta culpabilité vient surtout de ton sentiment de l'avoir trahi.

— Tu as raison. En t'aimant, je le trompais, reniant ainsi toutes ces années qui nous ont unis, lui et moi.

— Tu dois aller te reposer quelques heures.

— Je voudrais rester encore avec toi.

Ils savaient tous deux qu'ils vivaient les derniers moments d'un amour perdu et qu'ils ne se reverraient sans doute jamais. Hervé s'était levé à contrecœur pour saluer les joueurs. Charles l'avait serré dans ses bras avant de lui dire :

— Je suis là, Hervé. Si tu as besoin de moi.

Et, le plus simplement du monde :

— Je veillerai pour toi sur Évelyn.

Muet d'étonnement, Hervé s'était dégagé, puis s'était dirigé vers les chambres. Évelyn avait laissé sa porte entrebâillée et l'avait rejoint. Longtemps, il l'avait tenue dans ses bras, écoutant les sanglots étouffés qui la secouaient. Ils étaient incapables, l'un comme l'autre, d'exprimer leur désarroi. Avant de le quitter, elle avait effleuré de ses lèvres les yeux et la bouche.

— Écris-moi pour me dire l'état de ton fils, tu veux bien? J'ai la certitude qu'il va revenir à la santé. Je ne sais pas pourquoi je te dis ça, mais il va guérir.

Il s'était laissé tomber sur le lit. Son esprit s'embrouillait parmi les visages d'Évelyn, de Charles, de son fils Régis et de Mariette. Tout était fichu, irrémédiablement gâché. De la tornade des derniers jours, il ne lui restait qu'une immense fatigue et le goût âcre du remords qui le submergeait.

*

Il s'était levé, courbaturé, la tête lourde. Sa grosse montre de poche, posée sur la table de chevet, marquait une heure du matin. Lavé, il avait repris son habit du dimanche qu'il détestait et fermé la valise où les vêtements s'entassaient pêle-mêle.

Il était descendu sans bruit.

Éclairée par les flammes du foyer, une forme emmitouflée dans une couverture s'était retournée au bruit étouffé de ses pas. Élisabeth! Il s'était assis près d'elle sur le large sofa.

— Évelyn voulait vous dire adieu. Je l'ai convaincue d'éviter ce moment.

— Oui, c'est bien ainsi.

— Elle ne dort pas, j'en ai la certitude. Pauvre petite, si ardente, que Charles a déçue.

— Vous allez...

Il cherchait le mot anglais qui aurait exprimé sa pensée, celle d'une aide bienfaisante qui la soutiendrait, lui permettrait de retrouver la passion de vivre.

— Oui, oui. Comptez sur mon amitié pour elle. Évelyn est forte. Laissons-lui le temps.

Elle s'était tue à l'approche de Ted. Son hôte venait lui souhaiter bon voyage et le retour à la santé de son fils. La dérobade de Charles en un tel moment lui avait été cruelle. Peut-être cuve-t-il son alcool, se disait-il, pour l'excuser.

*

La chaleur moite du compartiment, les soubresauts du train, le va-et-vient des passagers dans l'allée et surtout, lancinante, la phrase du télégramme « Régis à l'hôpital », l'avaient tenu éveillé. Il retrouvait, à travers les frissons qui le secouaient, la peur incontrôlable qui l'avait étreint, tout petit, quand il avait entendu pour la première fois un porc qu'on égorgeait. Durant plusieurs nuits, pelotonné dans son petit lit, un tremblement convulsif l'avait empêché de dormir. De nouveau, cette peur le recouvrait tout entier.

— J'ai juré, André, de ne plus jamais la revoir si Régis recouvrait la santé.
— Et Dieu vous a exaucé? fais-je, railleur.
— Régis est revenu à la maison pour une longue convalescence. Une polio, plutôt légère, l'a rendu infirme de la jambe droite. Mais il s'en est bien sorti. Il a poursuivi plus tard ses études en notariat. Trois enfants, une femme admirable, une clientèle fidèle. Tu peux rire de moi. J'ai longtemps cru que l'infirmité de mon fils était mon châtiment. On était, dans ces années-là, tellement empêtré dans la religion!
— Et Évelyn?
— J'ai évité durant plusieurs mois de répondre à ses lettres, sur le conseil d'Élisabeth d'ailleurs. Elle donnait naissance à une fille, à la fin de l'été 1940. En juillet, plus exactement. Deux ans plus tard, je recevais la photo de la petite, accompagnée d'une lettre. Je la sais par cœur. Le temps chez elle, comme chez moi, avait guéri peu à peu la blessure. « J'ai réussi à passer

146

quelques heures, écrivait-elle, puis quelques jours sans penser à toi. » Elle continuait comme si elle avait emprunté mes propres mots. Plus tard, elle avait perdu les traits de mon visage et le son de ma voix. « C'était horrible », disait-elle. Le temps et l'amitié d'Élisabeth l'ont aidée à revivre. Et bien sûr, son poste dans un high school.

— Je ne pourrai jamais t'oublier, tu le sais. Tu es près de moi avec ma petite Ann qui te ressemble. C'est mieux ainsi. Autrement, je l'aimerais moins!

La grande maison se dresse, éclairée par la lune et les bâtiments, tout au fond de la cour. Le regard que pose sur moi le vieil homme s'est voilé. Elle ne lui avait plus écrit, après lui avoir livré ce secret comme gage ultime de leur amour.

Elle avait suivi Charles à Boston, lui avait écrit Élisabeth. Le couple se voyait peu, ce qui ne déplaisait pas à Évelyn, malgré sa solitude. Charles était absorbé de plus en plus par ses projets et des nuits à jouer au poker. Il buvait beaucoup et s'affichait souvent avec des filles, comme mû par un besoin inconscient de se détruire, soulignait l'épouse de Ted.

Nous sommes entrés. Je retrouve bientôt la chaleur de la chambre et, près de la lampe, le coffret où dorment les souvenirs d'Évelyn. Monsieur Gilbert s'est assis sur le lit, en face de moi.

— Faut en finir avec mon passé. Inutile, André, de reprendre la cassette. Tu sais maintenant notre histoire, murmure-t-il en passant la main dans sa toison rebelle.

Un 23 avril 1943, Évelyn était heureuse de partir avec les enfants rejoindre sa famille, à Lowell. Non sans tempêter, Charles avait enfin accepté qu'ils l'accompagnent dans un voyage d'affaires, à bord de sa Ford. Il les déposerait à Lowell, puis continuerait vers la scierie acquise quelques années plus tôt, à Carlysle. La nuit était tombée. Charles, comme toujours, roulait très vite. Était-ce la fatigue, un faux mouvement, un bris mécanique? Hervé ne l'avait jamais su. La voiture avait quitté la route, fait plusieurs tonneaux avant de s'écraser contre un arbre. Charles s'était retrouvé à l'hôpital, souffrant de plusieurs côtes cassées et d'une profonde entaille au front.

Je lui demande, interdit :

— Évelyn et les enfants?
— Gravement blessée, elle succombait à l'hôpital quelques jours plus tard. Édouard et Ann étaient morts sur le coup, de fractures du crâne.

La nouvelle horrible avait profondément perturbé Charles qui se tenait responsable de leur mort. Quelques semaines après le drame, la décision qu'il prenait changerait à tout jamais sa vie.

TROISIÈME PARTIE

Chapitre 13

La camionnette démarre et roule lentement avant de tourner vers le chemin de gravier du rang Saint-Benoît. Sur la galerie de la grande maison blanche, madame Gilbert agite la main dans un timide au revoir. Un froid soleil n'a pas réchauffé la terre labourée où dorment çà et là des flaques d'eau. Des champs gardent encore leurs épis de maïs, jaunes et secs.

Quelques voitures croisent la camionnette que conduit monsieur Gilbert, d'une seule main. Des maisons ont envahi les champs d'autrefois. Je jette un regard distrait sur la rivière aux Sables inhabitée. Plus loin, la rue Saint-Dominique, avec ses bars, ses terrasses, ses cafés. Les cloches de l'église annoncent la messe de dix heures aux rares fidèles qui se hâtent vers l'une des portes entrouvertes.

— Merci, monsieur Gilbert. Pour tout. Vous veillez encore sur lui?

— Arrête de dire des bêtises, bougonne la voix de basse.

Sa grosse main serre la mienne et la garde un moment.

— Va vite, il t'attend.

Du trottoir, je le salue. Il répond en soulevant sa casquette pendant que la camionnette effectue un virage interdit et que crissent les pneus dans la montée de la rue.

J'ouvre la porte. Tu es là, papa, debout près de ton fauteuil, frais rasé, cheveux coupés, élégant dans un habit bleu sombre. La cravate mal ajustée me fait sourire. Tu as sans doute perdu l'habitude de la visser à ton cou!

— Je reviens de la messe. Il m'arrivait quelquefois d'accompagner ta mère pour lui faire plaisir.
— Tu as retrouvé la foi?

Tu soulèves les épaules et esquives la question, comme souvent autrefois. L'odeur d'encens, la musique d'orgue, la présence recueillie des fidèles t'apaisent. « Une sortie vers l'église dans le petit matin, quand on se réveille à cinq heures, ben, ça coupe la journée », ne peux-tu t'empêcher d'ajouter, pour me dérouter, me semble-t-il.

En t'assoyant, tu découvres la petite table près du fauteuil où s'entassent d'ordinaire le journal du jour, des revues, un ou deux livres. Tu y as déposé un vieux béret noir et une cassette aux dessins de nacre qui contient des médailles ternies aux rubans de diverses couleurs. Au fond, quelques photos. Tu t'amuses de ma stupeur, comme autrefois de celle des bailleurs de fonds que tu mystifiais par des mises en scène fumeuses, dans ton bureau.

Tu n'as pas oublié, malgré les quarante années passées, le tour joué à monsieur Gilbert, ton ami. Il était entré à l'hôtel Lapointe, avait monté l'escalier et frappé à la chambre 12. Une connaissance de Charles l'attendrait, avait murmuré au téléphone une voix cassée qui semblait celle d'un vieux monsieur. « Entrez », avait-on répondu. Devant un Hervé ahuri, tu avais claqué les talons et porté la main droite au front, près du béret noir du régiment de Maisonneuve.

— Toi, soldat? Nous le savions tous à la maison,

même si tu n'en parlais jamais. Aux demandes répétées de Vincent, maman avait un jour dévoilé le secret de l'enveloppe des Forces armées canadiennes que nous remettait le facteur et que tu dissimulais aussitôt. Le silence a toujours recouvert cette partie de ta vie. La crainte que tu nous inspirais nous empêchait de te questionner sur ces jours mystérieux de bataille où nous t'inventions des prouesses de héros dans nos rêves d'enfants.

Et voilà qu'en plus, cette nuit, j'apprends coup sur coup ton séjour aux États-Unis, ton mariage avec Évelyn, sa vie malheureuse, sa mort et celle de vos petits.

Tu fermes les yeux. Les coins de ta bouche frémissent à peine. Peut-être as-tu ressenti l'émotion qui m'envahit où se mêle le dépit. D'une voix à peine audible, tu réponds.

— Tu n'en aurais jamais rien su si je n'avais pas demandé à Hervé de te faire connaître cet épisode pas tellement honorable de ma vie. Un jardin saccagé par ma faute, mais un jardin secret, qui m'appartient. Pourquoi en aurais-je parlé?

Tu te lèves. Très droit, dans ton habit bleu, tu tiens dans tes mains le vieux béret que tu as sorti d'une malle au grenier en prévision de ma visite. Ta voix tremble à peine, tu t'efforces de la maîtriser pour éviter l'emphase que tu détestes.

— J'ai presque tout raté dans ma vie. Mais pas ça! soulignes-tu en désignant l'insigne du régiment de Maisonneuve. Je ne pense pas en avoir été indigne.

De la cassette, tu sors une médaille attachée à un ruban aux couleurs fanées.

— Campagne de Normandie!

Tu joues avec les autres. On vous les offrait, dis-tu, moqueur, pour flatter votre vanité ou pour faire enrager les camarades moins habiles à se mettre en évidence. Et moi qui ne te savais pas drôle, voilà que je ris en te voyant mimer un vieillard, canne à la main.

— Tu me vois parader avec toutes mes breloques épinglées à mon veston! Gauche, droite, vieux bonhomme, avec des chaises roulantes, des gueules cassées, des béquilles! Pire encore! Aller ânonner chaque semaine sur mes glorieux exploits dans le local des vétérans, payé par le gouvernement fédéral. Plutôt crever!
— Tu exagères. La bravoure...
— Naît de la peur, de l'inconscience ou de la nécessité. Choisis l'une ou l'autre, ajoute ta voix pleine de dérision, et tu approcheras de la vérité.

Le silence se fige entre nous. Tes yeux sur moi regardent ailleurs. Les coquelicots, reprends-tu enfin, tu n'as pas besoin du jour du Souvenir pour te rappeler qu'ils poussent dans les champs de la vieille Europe comme un chiendent indéracinable. Tu les as vus près des corps de camarades souvent unis pêle-mêle dans la mort à ceux des ennemis. Elles prolifèrent en toi, ces fleurs de sang, depuis toutes ces années, revécues par ta mémoire.

— Pourquoi t'es-tu enrôlé, papa?

Ma question t'interrompt et te surprend, toi qui as l'habitude de diriger une conversation comme tu l'entends. Bon prince, tu ne m'en tiens pas rigueur.
Comment avais-tu appris la mort d'Évelyn et des petits? Sans ménagement, comme un coup de poing

qui envoie le boxeur au tapis. Du médecin dont le sarrau blanc, la tête chauve flottaient à tes yeux en un léger brouillard. Rien ne subsistait de ton séjour à l'hôpital qu'une immense lassitude et une cicatrice qui barre encore ton front.

Un après-midi venteux, tu étais entré au cimetière, avais trouvé la pierre tombale sur un tertre bombé. Tes yeux avaient enregistré les noms de Marie-Rose Évelyn Laforest, épouse de Charles Bilodeau et ceux de vos enfants, Édouard et Ann. Tu n'avais retenu rien d'autre. Combien de temps étais-tu resté là, debout, ton chapeau à la main? Que leur avais-tu dit? Tu te souvenais d'une vieille dame venue fleurir une tombe, non loin de ta famille perdue.

Tu avais ensuite rencontré Ted Cury à qui tu avais offert à bon prix les actions de tes compagnies. Malgré ses cris, ses supplications, Ted avait accepté sous la menace qu'elles soient vendues à son plus proche concurrent.

Tu t'étais enrôlé dans l'infanterie à un bureau de recrutement de Montréal. Deux mois plus tard, ton régiment allait partir pour Brighton, en Angleterre. Dans quelle section du bataillon B t'avait-on parachuté après les premiers jours d'entraînement? Je ne saurais le dire.

— Facile, André. Tu m'en as déjà fait le compliment? interroges-tu, une lueur de contentement dans les yeux. Tireur d'élite, voyons!

*

Je ris, tout ému de retrouver l'aube d'un matin de mes douze ans dans la camionnette toute rouillée, empruntée à ton ami Hervé. Elle nous avait conduits au lac Tremblay, où vous aviez bâti dans votre jeunesse un camp de chasse et de pêche. Un *shack*, comme vous disiez.

Tu m'avais appris à marcher dans la forêt, à arrêter souvent pour ne pas effaroucher la perdrix peut-être cachée parmi les feuilles tombées ou sous une souche. Dans les chemins défoncés, « il faut du soleil », disais-tu, « on est chanceux s'il ne vente pas ». Soudain, mon cœur s'était mis à battre follement. « Une couvée, là, papa », avais-je soufflé. Cinq gélinottes huppées. Cinq coups. Trois autres balles. Autant d'oiseaux déposés dans le sac kaki qui pesait à mon épaule.

C'est vrai que, surexcité, j'avais crié : « Papa, t'es tout un tireur! » Tu avais continué à marcher, comme si tu n'avais pas entendu. Et voilà qu'après toutes ces années, tu t'en souviens encore!

« On en a assez », avais-tu dit, en revenant au camp. Durant l'après-midi, nous avions traversé le lac, en canot. Sur la pointe, tu avais cherché des pistes fraîches, examinant de la main la forme des sabots, le tronc des arbres écorchés, le bout des branches mâchées. « C'est un buck, un gros avec son petit. » Tu t'installerais dans dix jours, non loin d'ici, tandis qu'Hervé marcherait de l'autre côté dans la montagne, lui qui admirait la qualité exceptionnelle de ta vision et de ton tir, ta connaissance profonde de la nature, ton flair incroyable pour déjouer le roi de la forêt. Toi, si nerveux d'habitude, où prenais-tu, nous demandait-il, la patience infinie de demeurer immobile dans l'attente de l'orignal? « Je l'ai frappé là où je voulais », avouais-tu à ton ami qui ne s'était jamais habitué à ce tremblement qui t'agitait, comme si le plaisir de tuer agissait en toi comme un orgasme.

Ma franchise te stupéfie. Tu te renfrognes dans le fauteuil. Je continue, indifférent aux mouvements de protestation que tu t'efforces de ne pas laisser paraître.

Nous étions revenus tard dans la nuit. Levé tôt le lendemain matin, j'avais croisé, au bas de l'escalier, Vincent qui avait sifflé entre ses dents : « Licheux! »

— Pourquoi, papa, ne l'amenais-tu jamais avec toi?
— Ah! celui-là! dis-tu, en laissant retomber la main dans un geste d'impuissance.

*

Je t'accompagne dans la cuisine où tu bois un verre d'eau. Tu marches de long en large, t'arrêtes un moment à la fenêtre qui donne sur la rivière et la masse sombre de la montagne. Tu te plantes devant moi. Tes yeux vrillés aux miens vacillent. Suis-je près de ta vérité, papa, si je décèle en toi la lutte que se livrent l'insupportable exigence de te dire et le refus de plonger dans le passé ténébreux qui t'enchaîne?

Tu t'enfonces de nouveau dans ton fauteuil, tandis qu'assis en face de toi, je fixe le béret noir et la cassette où reposent les médailles militaires que tu ridiculises d'un ton emprunté pour cacher la fierté de les avoir gagnées par ton courage.

— Pourquoi t'es-tu enrôlé? Tu as esquivé ma question.

Quelle réponse me serviras-tu, toi si habitué à te laisser deviner et qui répugnes à l'étalage des sentiments?

Tu répliques d'une voix altérée qui me bouleverse par sa franchise :

— Peut-être pour me laver de tout le passé. Pour me racheter, sans doute.
— Pour te punir?

Dans le long silence qui suit, je regrette cette phrase qui t'a blessé sans doute, mais qui correspond à mes yeux aux motifs profonds de ton engagement dans l'armée : punition et rachat. Comment départager?

157

— Leur mort, André, m'appartenait. J'en étais responsable. Je le suis toujours. Pour la première fois de ma vie, j'avais aimé une femme, Évelyn, durant quelques mois. Tout s'est émoussé par la suite. Son romantisme fleur bleue, ses plaintes répétées de ne pas être assez aimée me sont vite devenus insupportables. Sa présence m'assommait. Je ne pouvais pas me contenter du bonheur tranquille auquel elle aspirait. Il me fallait bouger, m'étourdir, autrement, je m'ennuyais. Un sentiment que je traîne depuis toujours : « À quoi bon », me souffle un démon intérieur qui me poussait alors à aller au delà d'un bonheur ordinaire et d'en sortir chaque fois meurtri et désemparé. De m'y plaire pourtant, comme un besoin maladif de me faire souffrir et de recommencer, comme si toute expérience me devenait inutile. Leur mort, je la portais en moi depuis le début, comme si je la préparais sans que je le veuille.

— Tu exagères, papa!

— Bien sûr que non! Pourquoi avais-je pris un triple scotch avant de quitter la maison? Pourquoi avoir conduit comme un dément sur une route pleine de courbes, alors que le soleil m'aveuglait par moments? Vois-tu, André, dès cette époque, j'étais un vieil homme fatigué de vivre! Avec leur mort, je suis redevenu un orphelin, sans famille comme à la mort de maman. Peut-être que l'armée...

Jamais de toute ta vie, sans doute, ne t'étais-tu exprimé avec tant de franchise et d'abandon. Puisses-tu ne pas le regretter!

— Avant de quitter l'hôtel Lapointe, Hervé t'avait raconté comment l'amour qui l'avait uni à Évelyn à Pointe-au-Pic l'avait rongé durant toutes ces années. Il se sentait coupable de tricherie envers toi.

Tu ne bronches pas, comme si ce souvenir ne t'atteignait pas.

— Évelyn était de ces femmes qui ne mentent pas. Elle avait Hervé dans la peau avant ce voyage et avait reconnu ses qualités dans les lettres qu'elle recevait de lui. J'ai suivi à leur insu, dans Charlevoix, la progression de leur amour. Comme après son retour, dans la mini-dépression qui avait suivi. Comment leur en vouloir? Je ne pouvais rien pour elle, et la passion d'Hervé l'avait rendue heureuse un moment!

Ton regard indifférent posé sur ce lointain souvenir m'apparaît celui d'un entomologiste. Tu dissèques leur amour comme s'il s'agissait d'un insecte.

Tu reviens sur la fin de votre rencontre à l'hôtel Lapointe. Tu avais demandé à Hervé de devenir ton exécuteur testamentaire et de rencontrer deux fois par année le notaire qui s'occupait de tes avoirs : les titres d'immeubles et les placements dans la région. Une façon de contrôler le brave homme! Tu avais avoué que tout ça n'avait plus guère d'importance. Vous vous étiez longuement serré la main. « Le reverrai-je un jour? » t'étais-tu demandé quand il avait fermé la porte de la chambre.

Tu t'agites soudain dans le silence revenu. Tes mains serrent les bras du fauteuil.

— Tu me demandais plus tôt si j'avais recouvré la foi. Je n'ai jamais pardonné au Dieu infiniment juste, au Dieu infiniment bon, la perte de ma mère. Pour quel péché la punissait-il en nous l'enlevant à l'âge de trente et un ans? Quel crime avait donc commis cet enfant éventré dans son berceau, près de sa mère aux seins coupés, que j'avais découvert dans le premier village que nous avions vidé en Normandie?

Ta voix s'est enflée pour éclater à la fin dans une espèce de cri sourd.

— Tu sais, le passé envahit de plus en plus le présent du vieillard que je suis devenu, et l'atrophie. La mémoire est devenue un supplice qui m'enfonce dans les souffrances du passé et m'empêche de goûter aux petits bonheurs quotidiens que je ne vois pas.

Chapitre 14

Ni le fla-fla des envolées patriotiques pour la défense de la liberté contre les hordes hitlériennes, comme l'évoquaient les politiciens sur toutes les tribunes, ni la propagande des affiches, de la radio ou des recruteurs qui promettaient à la jeunesse canadienne l'aventure exaltante dans les forces armées ne t'avaient atteint en ces jours qui t'enfermaient dans l'image du tertre fleuri où pourrissaient Évelyn et les petits. Effacer le passé, renaître, te répétais-tu sans trop y croire, en payer le prix, même s'il fallait y laisser ta peau.

Tout effacer? Une illusion, me dis-tu. Ta mémoire est pleine de trous d'où s'échappe le passé. Tu croyais avoir oublié, mais voilà que, sans prévenir, surgit la présence sans visage d'Édouard et d'Ann dans le cri ou le rire d'enfants que tu as croisés, hier encore.

— J'ai peur que tu ne te fatigues, papa, à t'exprimer sans ménagement. Tu n'essaies pas de te reposer, tu continues avec des mots qui se bousculent, que tu ne cherches pas à retenir.

— Ne m'interromps pas! Tu poursuivras ton enquête plus tard, répond ta voix des mauvais jours.

Tu t'efforçais, quand nous vivions encore à la maison, de retarder l'heure du coucher. L'auto qui avait brûlé au bord de la route, cet après-midi-là, tu tremblais de la revoir transformée dans l'explosion d'un char d'assaut allemand. Combien de fois auras-tu revécu le cauchemar horrible du canonnier en flammes qui se précipitait hors de la tourelle et se consumait dans des cris inoubliables. La honte de sentir sur ton visage en sueur la main d'Irène et le chuchotement de nos voix dans le corridor! Combien de nuits sans dormir de crainte de rouler dans le rêve d'un camarade soufflé par une bombe, du *tac tac* d'une mitrailleuse qui crevait des poitrines et t'atteignait à la tête et aux jambes.

Nous nous réjouissions, c'est vrai, de te voir marcher, le soir, vers le chemin de la rivière aux Sables plutôt que d'aller jouer aux cartes, à l'hôtel Lapointe. Ton rire grinçant interrompt ton récit. Nous ne nous doutions pas que tu échappais à une dispute avec maman, à notre fou rire autour de la table, pour retourner à l'odeur légère de pourriture de la berge, à la traînée de la lune sur l'eau qui soulevaient en toi un appel lancinant vers un ailleurs qu'au début tu ne parvenais pas à dégager. Assis dans l'herbe, la tête appuyée à un tronc de pin, oubliant la cigarette qui te brûlait les doigts, tu attendais que se dissipe le brouillard devant tes yeux.

Soudain, la vision éblouissante reparaît dans l'inquiétude heureuse qui t'habite.

*

La lune éclaire l'immense bouée Juno que contourne le *Huston City* où s'entassent depuis cinq jours la multitude de tes camarades, les soldats de la deuxième division canadienne. Appuyé au bastingage, tu écoutes le bruit sourd des bottes, l'éclat des voix. Tu fumes par désœuvrement, pour chasser aussi le trouble qui t'a envahi à la vue des côtes normandes.

Les grandes gueules des barges de débarquement à peine franchies, vous titubez sur la plage parmi les débris oubliés du débarquement du 6 juin 1944. Le premier de la compagnie B, tu as reconnu le sergent Gadouas, à sa carrure et à la mitrailleuse Bren qu'il tient levée, en signe de ralliement, près des blockhaus éventrés d'où ont été canardés les soldats de la troisième division canadienne.

Commence la marche épuisante sous le soleil, à la file indienne, de chaque côté de la route. En face, la plaine de Normandie où pousse le blé presque à hauteur d'homme. Des vergers partout. Des champs divisés par des haies de broussailles et d'arbres tassés remplacent les haies de cèdre de chez nous. « Ouais, songes-tu, facile d'y cacher des nids de mitrailleuses pour nous tirer dessus! » À un gars qui s'avance pour t'offrir une cigarette, tu désignes de la main les vaches qui paissent. Il sourit : « Y a pas de mines, hein! » Personne ne renâcle, comme si une force obscure vous pousse à vous hâter vers le petit village « nettoyé » hier, pour oublier le tremblement intérieur qui vous étreint pour la première fois. Au loin, le grondement des canons et des mortiers. « On se bat encore à Caen », rapporte le major Marcoux. Demain, ce sera notre tour.

Dans une grange dont les obus ont troué la façade et dégarni une partie du toit, tu as déroulé ta couverture sur la paille qui sent le mouton. Autour de toi, les gars de la section des tireurs d'élite dorment. Des « jeunesses » d'à peine vingt ans, à part votre sergent. Une immense solitude t'oppresse que ne parviennent pas à combler la beauté du ciel étoilé et ces camarades qui ne savent pas que tu les aimes.

Tu as fermé les yeux pour ne pas perdre les images évanescentes qui déferlent en toi, me semble-t-il. Tu reviens vers moi et te tais. Ton silence me surprend comme s'il creusait une absence.

Tu fouilles dans la cassette sur la petite table et tu sors une photo jaunie. Parmi ces soldats, j'essaie de te retrouver, papa. Hésitant, je pointe du doigt l'homme assis au centre, plus vieux que les autres, qui me regarde en plissant les yeux, sans doute à cause de la cigarette que tiennent des lèvres minces, perdues dans une barbe qui lui dévore le visage.

— C'est toi?

La photo me chavire le cœur. Le vieillard grêle, tassé dans le fauteuil trop large, est-ce bien cet homme massif, au regard décidé?

— Oui, c'est moi.
— Et les autres?

Agenouillé près de toi, j'observe les traits anguleux, expressifs du commandant de votre section, le sergent Lambert.

— On l'appelait « Pilou », un ours avec du poil partout. Là, Boucher et Bastarache, toujours l'un près de l'autre. Ils riaient ensemble, se chamaillaient, s'engueulaient. Deux inséparables. Tiens, lui! c'était Blondeau, notre souffre-douleur. Son acné n'aidait pas sa timidité. Le plus impitoyable, alors qu'avec nous, il était doux et tendre comme une jeune fille. Curieux, hein! Ces deux-là, à gauche, tu les reconnais?

J'ai beau examiner leur visage, fouiller dans mes souvenirs. Non, je ne trouve rien.

— Laurent Tremblay et Rosaire Chouinard, de La Baie. Tu as sûrement vu à la télévision nos deux stars-vétérans! Laurent m'a souvent accompagné dans des missions difficiles.
— Tu les as rencontrés quelquefois?
— Oui, deux ou trois fois, par hasard. Nous n'avions rien à nous dire. L'entente qui nous liait ne durait que le temps de notre mission. La guerre, je l'ai vécue comme

une aventure personnelle. Pas très sociable déjà – tu le sais depuis longtemps – la solitude imposée par mon métier convenait à ma nature. Comme les autres tireurs d'élite, je demeurais un être à part dans mon bataillon. Un être seul qu'on envoyait comme observateur avant une bataille; seul de nouveau quand les hommes montaient à l'assaut, puisqu'on m'avait déjà chargé d'éliminer un ennemi encombrant.

— Tu as aimé cette vie?

— Oui. J'ai même accepté, en Angleterre, qu'on m'envoie un mois en Écosse parfaire un entraînement de mise à mort silencieuse, de maniement du couteau, de la corde, du revolver, et de l'usage de la radio. Pour mieux tuer!

Ta main décharnée se pose sur mon bras.

— T'affole pas, André, si j'ajoute, sans te demander la permission, que j'ai été brutal, terriblement efficace et sans cœur! Me mouvoir comme une ombre, savoir me camoufler, tuer d'une seule balle, sans laisser de trace, ç'a été mon quotidien! Ne dépendre que de moi-même, marcher sur un fil de rasoir, avec la mort qui me soufflait dans le cou. Oui, une vie exaltante!

Tu te lèves et marches, mains derrière le dos.

— Je te parais odieux?

— Non. Il aurait fallu ajouter que tu agissais comme un soldat trié sur le volet dans une guerre contre des Allemands parmi les meilleurs, acharnés et barbares souvent, commandés par des Waffen SS, les pires de tous.

Tourné vers moi, tu ajoutes, railleur :

165

— Monsieur a beaucoup lu sur la campagne de Normandie!

J'oublie ta remarque.

— Tu as forcé les traits de ton personnage pour me provoquer. Une vieille habitude chez toi, comme autrefois, quand tu jouais au dur, par crainte d'être accusé de faiblesse. « Terriblement efficace », dis-tu, du tireur d'élite que tu as été, de l'homme d'affaires aussi, dont on admirait autour de nous l'extraordinaire vitalité. Et si, sous ce masque, s'était caché l'immense besoin de conjuguer une insécurité qui t'a poursuivi depuis l'enfance?

Tu demeures immobile, comme si tu n'avais pas entendu, à regarder le soleil jouer dans les feuilles brun sale accrochées au peuplier.

Chapitre 15

Tu me regardes un moment, mais tu ne me vois pas, j'en ai la certitude, tout entier absorbé par le souvenir revécu de la première mission que te confiait le major Marcoux du bataillon B.

La nuit venue, tu te glisses dans le chemin creux qui borde les champs afin d'éviter la route 162. Les ponts détruits par l'aviation alliée t'obligent à traverser l'Orne à la nage, en poussant les deux billots qui portent tes vêtements et la carabine enveloppés dans des sacs imperméables.

Une heure plus tard, une ferme, avec son étable, sa grange et un appentis où s'entassent des instruments agricoles, apparaît dans tes jumelles. La faible lueur de la lampe de la cuisine projette des ombres. Deux silhouettes près de l'appentis ont bougé, une autre aussi, non loin d'une immense meule de foin. « On verra au retour », songes-tu, en poursuivant ton chemin, courbé en deux.

La peur, une peur mortelle, marche à tes côtés, comme une amie intime qui ne te quittera plus, en Normandie, en Belgique ou en Hollande. On te croyait intrépide, mais cette nuit t'a appris combien ta chair était accessible à la frayeur.

Tout au fond, là-bas, la lune découpe les maisons et le clocher trapu du village que les troupes canadiennes devront enlever demain. Tu rampes dans le champ de blé, avant d'atteindre, sur une butte, un arbre arraché dont les racines déchiquetées découvrent un entonnoir. Tu t'y enfonces.

Tu as somnolé par moments jusqu'au lever du soleil, te répétant les paroles du major : « Localiser les lieux principaux du village et de ses environs, situer l'artillerie, les nids de mitrailleuses, les chars d'assaut, le gros des forces ennemies. Que cache le verger que les avions de reconnaissance ont signalé? »

Près de toi reposent ton couteau et ta carabine munie de son télescope. La boussole indique sud-est vers le village que tu observes de tes jumelles. Toute la journée, tu noircis ton calepin de croquis et de notes explicatives, embarrassé par le tremblement du crayon entre tes doigts. Une boule d'angoisse t'empêche d'avaler des craquelins et un morceau de fromage.

Vers la droite de la rue principale, où roulent sans cesse des véhicules de toutes sortes, derrière une vaste construction qui ressemble à une usine désaffectée, des camions dégagent des canons de 75 et de 55 mm. Où se cachent les mortiers et le reste de l'artillerie? Et les nids de mitrailleuses? Une procession de chars d'assaut – des Tigres et des Panthères – suivis d'une centaine de fantassins, défile du côté gauche, à mi-côte, vers un immense verger.

Le village sombre peu à peu dans la nuit. « Faut aller voir ce que les fritzs ont fricaillé du côté du verger », songes-tu, en rampant dans les hautes herbes. Tes jumelles découvrent sous la lune de nombreux cônes de terre à travers les pommiers : « Les p'tits malins, ils ont enseveli leurs chars d'assaut jusqu'aux tourelles pour qu'ils ne soient pas vus des airs! »

Tu t'apprêtes à déguerpir quand soudain une sentinelle arrive en toute hâte et s'accroupit pour ses besoins. En tournant la tête, elle te voit.

— J'avais pas le choix de lui casser le cou, dis-tu, en avançant les mains dans un geste de bascule. Tuer un homme de ses propres mains, pour la première fois, ça te marque. On se sent sale!

Tu as franchi plusieurs kilomètres dans une demi-conscience de ce qui t'entoure, obsédé par la hantise d'être capturé. Le tireur d'élite, dis-tu, détient souvent une partie des secrets de son commandant. De là à le faire parler!

De retour au camp vers une heure du matin, tu te présentes au major qui ne dort pas. Le compte rendu de ta mission terminé, tu te mets au garde-à-vous.

— Je sollicite, mon commandant, la faveur de guider avec mon camarade, Laurent Tremblay, un peloton d'une douzaine d'hommes pour griller une ferme et ses bâtiments qui pourraient s'avérer mortels pour nos troupes. Des artificiers seront nécessaires. Il faut se hâter et profiter du reste de la nuit pour que l'effet de surprise demeure total.

Tu t'arrêtes un moment pour boire un verre d'eau que je t'ai apporté. Je reste fasciné par cette faculté extraordinaire de concentration qui te fait reprendre ton récit où tu l'as laissé.

*

Le lieutenant Joyal, assisté du sergent Labrosse du bataillon B, a réuni les hommes. Tu leur expliques la mission et donnes à chacun une tâche précise. Les montres doivent marquer 23 h 14.

La patrouille s'est mise en marche dans un silence à peine troublé par le bruit étouffé des bottes. Non loin de la ferme, tu demandes à l'officier de camoufler ses hommes, le temps, pour toi et Tremblay, de recueillir les renseignements nécessaires.

Par une entente tacite, vous prenez une direction opposée qui vous amène vers un point d'observation qui complétera votre recherche. Tu as saisi, cette nuit-là, comment cette mission vous apprenait à sentir en même temps les mêmes contraintes, les mêmes dangers, par une singulière divination. Réunis durant tous ces mois dans des sorties de plus en plus périlleuses, vous retrouviez chaque fois une cohésion, un rythme qui vous permettaient de vous mieux comprendre d'un simple regard. La précision de votre démarche, l'union de vos pensées les plus secrètes face à l'ennemi prenaient leur source dans une communion qu'avait forgée une accoutumance à vous mieux observer, à vous mieux connaître sous la contrainte de la mort. Entre vous circulait, invisible, un accord plein de mystère qui modelait vos gestes et les mouvements de votre âme.

Une demi-heure plus tard, vous vous retrouvez en même temps à l'entrée du chemin creux. Les hommes s'approchent.

— Une chenillette armée d'une mitrailleuse, une autre avec un canon, dans la grange. Au moins huit défenseurs allemands. Vue parfaite sur la route 162, chuchote Tremblay, par où passeront demain beaucoup de nos soldats.

— Plusieurs ennemis se dissimulent dans la petite ferme, reprends-tu. Une sentinelle cachée sur le toit. Nid de mitrailleuses sous la meule de foin gardé par une autre sentinelle. Je m'en occupe. Lieutenant, placez vos hommes. Toi, Tremblay, couvre-moi!

De ta réussite dépend, en bonne partie, l'opération. Tu te mets à ramper vers l'Allemand appuyé sur la meule et qui somnole. Tu t'élances, le saisis par-derrière, tandis que ton couteau lui tranche la gorge.

Le travail des deux artificiers accompli, le lieutenant

a accepté ton signal. Soudain, des fusées zèbrent la nuit de lueurs jaunes et blanches, découvrant dans la ferme les silhouettes ennemies que couche le crépitement sec, ininterrompu de la Bren et des carabines. L'explosion des grenades et le martèlement lourd du bazooka dans la grange et l'appentis ont allumé un début d'incendie, alors que des soldats canadiens courent vers la porte qu'ils arrosent de balles traceuses, presque au ras du sol avant de l'ouvrir et de jeter des grenades, puis de rouler par terre loin de l'entrée. Tremblay élimine le tireur que les lueurs de la flamme éclairait. De la cuisine, le *tac tac* d'une mitrailleuse fauche un soldat canadien qui gémit, en se tenant le ventre à deux mains. Le sergent vide son chargeur à travers la fenêtre et atteint le tireur. Trois Allemands, mains en l'air, sortent de la maison et deux autres, de la grange. Le sergent Labrosse s'avance vers eux. Une balle tirée de la cave l'atteint au front. Un soldat s'élance aussitôt vers le soupirail et lance une grenade. Un bruit sourd suivi de fumée précède la fuite précipitée, vers la porte, d'un jeune Allemand, le visage ensanglanté et un bras déchiqueté. Le collet de sa tunique porte l'insigne des SS.

— Qui parle allemand? gronde ta voix.
— Moi, un peu, déclare un soldat très maigre.
— Demande-lui s'il savait que ses camarades s'étaient rendus.

À la question posée, l'Allemand répond, le bras tendu : « Heil Hitler! »

— Je m'approche et lui tire trois balles dans le ventre. Un geste inutile que le lieutenant n'a pas rapporté, heureusement.

*

Tous reviennent dans le chemin creux, pendant que les explosifs secouent la terre et font éclater le nid de mitrailleuses, embrasant l'immense meule de foin qui le dissimulait.

Pendant qu'avec des branches et des lanières, certains confectionnent des brancards, d'autres fouillent dans la grange et la ferme à la recherche des blessés ennemis. Quatre éclopés s'en sortiront, un cinquième agonise. Parmi la dizaine de morts allemands, deux SS ont préféré se suicider plutôt que de se rendre.

— Mission accomplie, se réjouit le lieutenant Joyal. Dommage cependant qu'on déplore la perte du sergent Labrosse, un excellent soldat! Pourvu que le soldat Gravel s'en tire! Sa blessure à l'abdomen... murmure-t-il en fixant les brancardiers qui ouvrent la marche.

Le radio a demandé une ambulance et indiqué le chemin.

Le peloton avance trop lentement, s'inquiète le lieutenant qui craint la riposte allemande. Tué, le radio ennemi tenait encore dans sa main l'appareil de T.S.F. Il a sûrement communiqué l'attaque surprise des soldats canadiens.

Soudain, des champignons de feu apparaissent dans le chemin creux, trouant les haies, suivis d'explosions étouffées qui avancent comme une marée.

— Couchez-vous! crie l'officier, à la vue d'un cratère qui s'ouvre à dix mètres.

Les explosions tonnent tout autour, dans la fumée et l'odeur infecte. Le lieutenant, Tremblay, toi-même et la plupart des soldats vous roulez dans le fossé en vous y aplatissant face contre terre. Les prisonniers vous ont rejoints, mêlant leurs corps à ceux de leurs ennemis, comme si la mort qui hurle vous unissait dans une fraternité inconnue et l'épouvante qui torture votre chair rassemblait votre commune humanité souffrante et humiliée; alors que vous auriez dû vous disperser selon les manuels d'instructions! Les obus éclatent en vagues successives et s'approchent de plus en plus. Le tonnerre des canons 88 mm ouvre des entonnoirs énormes à quelque dix mètres, tandis que leur déflagration projette en l'air les corps de deux blessés qui retombent plus loin comme des poupées de chiffon.

Le spectacle terrifiant s'amplifie maintenant avec l'entrée en scène des bombes des mortiers allemands dont le meuglement d'une trentaine de secondes avant de percuter le sol rend les hommes hagards. Les nerfs craquent. Certains pleurent. Les morts et les blessés gisent dans le chemin. Le cri aigu de l'un d'eux devient insoutenable. Deux jeunes soldats restent là, écrasés de terreur, incapables de tout mouvement. Le plus jeune, devenu fou, s'est levé, les bras en croix. Un obus le coupe en deux. La voix suppliante d'un homme, près de toi, appelle sa mère.

Un soldat allemand s'est abattu sur toi, projeté par une bombe. Tu sens sur ton visage couler le sang de sa blessure à la poitrine. Son corps t'a peut-être épargné une folie, celle de te lever et de courir, tellement l'épouvante s'est emparée de toi. Tu tournes la tête vers Tremblay et tu le regardes, terrorisé. « Tiens le coup, Bil, on va s'en sortir », répète sa voix très calme. Il t'a assuré plus tard, en revenant au camp, qu'il avait eu la certitude de mourir. Tout lui était indifférent, excepté la peur d'être blessé et de souffrir.

— Faut sortir de cette trappe à rats, crie le lieutenant, autrement on va tous crever. Un poste d'observation ennemi est près d'ici, j'en suis sûr. Il dirige l'artillerie du village voisin.

— Faut le trouver, répond Tremblay.

— Bien. Partez avec Bilodeau et quelques soldats. Moi, dans le cratère...

Le reste de ses paroles se perd dans le rugissement des mortiers.

L'aube s'est levée au loin, mais par chance le rideau d'une brume légère flotte au ras du champ où chacun rampe, caché par les broussailles de la haie.

L'action te ramène à ta véritable nature. Tu retrouves cette exaltation particulière qui te fait frémir et qui se manifeste par un tic nerveux qui agite ton œil gauche. Ta respiration est redevenue régulière. Tu reconquiers, dans le mouvement, le contrôle absolu d'une situation dans des moments de tension insupportables qui rend confiant le camarade qui t'accompagne dans une mission périlleuse.

À la panique qui t'a fait sombrer tout à l'heure, succède une joie sauvage de vivre, d'avoir été épargné, comme si aucun éclat d'obus ne pouvait désormais t'atteindre. Tu sais que Tremblay ressent la même fièvre.

Vous vous arrêtez et cherchez, à l'aide de vos jumelles, l'ennemi embusqué que vous découvrez dans le fouillis de la haie à plus de quatre cents mètres. Le télescope de ta carabine révèle la présence d'une jeep camouflée à travers l'amoncellement de branchages au milieu du chemin creux. Dissimulé derrière, un Allemand tient une mitraillette appuyée à la hanche. Le radio ennemi, toujours debout, penche la tête lentement sur sa poitrine et bascule d'un seul coup. Son compagnon s'écroule, d'un air effaré. Atteinte par la balle de Tremblay, la tête du mitrailleur de la jeep éclate comme une noix.

La tempête de la mitraille ennemie s'est éteinte après quarante minutes, alors qu'avec Tremblay et le petit groupe de soldats, tu retournes vers les camarades que vous n'avez pas retrouvés, non plus que les morts et les blessés du chemin.

À votre arrivée, une activité intense parcourt le camp, en prévision de l'attaque du prochain village fixée au début de l'après-midi. Au quartier général, on vous félicite. Très peu de morts, quelques blessés, dont l'officier Joyal, atteint à un bras par un éclat d'obus. On vous ordonne d'aller dormir. Vous en aurez besoin.

Tremblay est tombé, assommé dans un sommeil de bête. Couché, tu ne peux dormir. Comme en un film au ralenti, tu revois, dans ton télescope, le jeune radio allemand toujours debout. Sa tête s'incline sur sa poitrine, laissant tomber son casque de fer. Il s'écroule lentement, lentement, en ployant les genoux. Durant des mois, chaque fois que tu fermeras les yeux, apparaîtra le jeune allemand qui s'effondre comme un arbre qu'on abat.

Tu te réveilles en sueur d'un sommeil comateux. La cave vacille et s'emplit d'un vrombissement qui se répercute en écho. Le jeune Blondeau est penché sur toi. Pilou l'a empêché de te réveiller : « Tu tremblais et tu prononçais des paroles sans queue ni tête. » Tu te lèves, heureux de retrouver la présence des camarades.

— Le premier parmi une longue suite de cauchemars. Du sang sur mes mains, partout. On ne sort pas indemne de la guerre, André !

Je te regarde, papa, saisi d'une immense tendresse pour toi qui nous as caché ta nature blessée durant toutes ces années. Pourquoi n'as-tu rien raconté à tes petits, dans ton grand livre de la guerre de ces histoires que tu aurais inventées à partir de tes exploits? Peut-être tes adolescents auraient-ils soupçonné la cause de tes silences? Qui sait s'ils n'auraient pas percé à travers ta dureté la peur de trop de tendresse?

*

Tremblay t'entraîne dehors à la recherche des bombardiers alliés. Par vagues successives, ils inondent l'espace vers le village à conquérir bientôt par la deuxième division canadienne. Le bourg s'allume en larges explosions qui laissent dans le ciel des traînées de fumée noire.

— Ben, ma mission, je l'aurai pas faite pour rien, marmonnes-tu. V'là les Tigres et les Panthères ennemis qui crachent leurs entrailles d'essence. Ça doit être l'enfer dans le verger!

Tes jumelles te révèlent un gigantesque incendie, aux flammes rouges et jaunes, qui oscille dans le ciel à gauche du village.

Et voici maintenant que les remplace le ballet des Spitfire qui volent à trente mètres au-dessus du village, semant la mort parmi les soldats allemands.

— Faut frapper le 88 mm à l'entrée de la mine. Et les mortiers à six barils qui nous ont écœurés avec leurs meuglements. Tu te souviens, Laurent? cries-tu dans le bruit atténué du tonnerre qui vous parvient de l'éclatement des roquettes.

La procession des bombardiers et des avions s'interrompt après quarante-cinq minutes.

Chapitre 16

Tu me souris d'un sourire narquois auquel je ne suis pas habitué.

— Tu sais comment j'ai obtenu ces deux palmes, une distinction pour bravoure? J'aurais pu vous la raconter quand vous étiez petits. C'est vrai.

Je ne sais pas si tu t'amuses de moi ou si tu exprimes un regret. Que tu rendes compte d'un de tes exploits, sans que ta voix soit chargée de dérision ou d'ironie, me frappe. J'avoue aussi être flatté par la confiance que tu me manifestes.

— Je suis parti avec Blondeau, le plus jeune des tireurs d'élite, prendre position près du village avant l'assaut de nos troupes. Comment réussissons-nous à nous glisser dans une maison à demi détruite qui domine le bas du village? Grâce à l'audace du p'tit gars que j'ai suivi, même si je n'aurais pas dû. On aurait pu se faire descendre dix fois. L'arrivée de nos soldats et leur entrée dans la place tardaient. Cachés par la cheminée et un pan du mur encore debout, composé de pierres des champs et de mortier, nous découvrons enfin la batterie infatigable qui poursuit les Canadiens et les fauche, comme une moissonneuse.

Tu communiques aussitôt avec le quartier général pour donner la position du nid de mitrailleuses. Qu'on dépêche un Sherman et un peloton de fantassins.

Blondeau, apercevant dans son télescope la tête casquée d'un serveur, l'élimine. Imprudent, il se découvre afin d'atteindre le pointeur. Il aurait fallu qu'il attende l'arrivée des fantassins et d'un char d'assaut. Une deuxième erreur qui nous attire le déchaînement des balles.

— J'suis blessé! J'suis blessé! gémit ton jeune camarade.

Le sang jaillit de son épaule et de sa cuisse. Avec ton couteau, tu ouvres la manche de la tunique et coupes l'étoffe, du genou à la hanche. Du casque rond qui écrase le crâne de Blondeau, tu tires des pansements et tournes deux garrots pour freiner l'hémorragie.

— T'inquiète pas. La balle, ici, s'est enfoncée dans la cuisse, mais n'a pas touché l'os. T'as de la chance. Ton épaule, c'est un peu plus sérieux. Tu vas t'en sortir. Écoute-moi! Aucun brancardier ne peut nous atteindre. Le secteur est trop chaud, dis-tu, en achevant d'enrouler la bande de coton autour de la cuisse. Faut sortir d'ici et se rendre au chemin creux. Ça va chauffer. Tu t'accroches à moi de toutes tes forces. T'es prêt?

Tu te mets à courir, chancelant, entravé par le poids du jeune Blondeau qui enserre ton cou de ses bras puis relâche son étreinte sous la douleur.

— Tiens-moi plus fort! Lâche pas!

Attentif aux cris de bête que chaque secousse arrache à ton camarade, indifférent aux balles qui sifflent, tu aperçois, là-bas, le chemin creux que voile le rideau ténu de la sueur dans tes yeux.
Tremblay, camouflé sur le bord d'un boisé, te voit surgir dans le champ de blé, puis zigzaguer. Il croit que

tu as été atteint. Mais non! Tu te relèves, ton camarade accroché à tes épaules. Tu augmentes la cadence de la course, alors que les balles te poursuivent. La main, que tu poses sur ton visage pour en chasser la sueur, ruisselle de sang, raconteras-tu, le soir.

— Tiens! Une balle, marmonnes-tu, insouciant.

Surtout ne pas t'arrêter, continuer de courir. Incapable de toute pensée, tu es mû par le seul réflexe animal de ne pas crouler, de tenir au delà d'une fatigue qui te chavire d'hébétude, malgré le bruit rauque de ta respiration et le tremblement convulsif de tous tes membres. Franchir les arbustes qui clôturent le chemin creux, aider le brancardier à déposer Blondeau dans la jeep. Puis t'étendre de tout ton long pour reprendre ton souffle, alors que le blessé est transporté à l'entrée de la mine déblayée du canon 88 mm, où officie le docteur Robert dans le poste de secours.

— Pourquoi as-tu agi ainsi, papa?
— Par inconscience.
— Tu ne dis pas le fond de ta pensée. Non, c'était par amitié pour ton camarade.
— Tu deviens sentimental!

Tu remets les palmes dans la cassette, heureux de l'effet que tu as produit sur moi.

Vous vous regroupez, Pilou, Tremblay, Chouinard et toi-même pour marcher vers la rue principale en ruines. Au bas de la côte sont alignés les nombreux camarades morts, dans leur couverture grise. Le sergent Lambert est allé vers Bastarache, agenouillé auprès de son copain, Boucher, mort d'une balle au ventre. Il lui ferme les yeux.

— Viens, tu le ramèneras pas à la vie.

Vous continuez en silence dans le bruit des pelles qui creusent la fosse commune. Le padre prononce les paroles en latin qui parlent de mort et de résurrection.

— T'as vu, Pilou, lui dit Chouinard, c'est pas juste. Y avait même pas vingt ans!
— Laisse les morts tranquilles! lui répond le sergent.

Le ton agressif de votre commandant vous fait comprendre qu'il faut effacer volontairement la disparition d'êtres aimés pour garder courage et ne pas vous venger sur les prisonniers extirpés de leur cachette. Dans l'âpre reproche de votre camarade, vous retrouvez la secrète joie de vivre encore, malgré l'amertume qui vous accable.

On vous a distribué une ration chaude et de nouvelles munitions. Debout dans la tranchée, quelques gars de la section, les bras posés sur l'herbe sèche, se sont détournés du village qui brûle encore pour fixer le firmament troué d'étoiles, avec au cœur le tremblement fragile de l'espoir que demain vous seriez épargnés.

— Ce qui est arrivé à Bastarache? Fait prisonnier en Belgique. On ne l'a jamais revu, laisses-tu tomber en un murmure.

Chapitre 17

Irène, ta mère, aimait beaucoup voyager. Moi, les voyages en groupe! Il y a quatre ans, elle m'a proposé une fois encore de l'accompagner : quelques jours à Paris, puis voir la Bretagne et piquer une pointe vers la Normandie. J'ai accepté pour lui faire plaisir. Mais j'avais mon plan. Elle aussi, sans que je le sache. Nous avons été dupes, tous les deux, l'un de l'autre!

Les jours de septembre à Paris furent lumineux. Inutile d'insister, tu connais cette ville mieux que moi. Va pour la Bretagne et ses calvaires, et plus loin, en Normandie, la visite du Mont-Saint-Michel.

Dans la chambre d'hôtel à Caen, je lui ai proposé :

— Moi, je reste ici une couple de jours. J'irai te rejoindre à l'hôtel de Rouen que va occuper le groupe demain, en fin d'après-midi.

— Pauvre Charles! Je t'ai accroché comme une truite de ton lac, avec l'appât de la Normandie! Tu m'as suivie, hein! Reste ici, si tu veux. Je te voix mal à Lisieux! Tu vas faire un scandale.

— Ben non! Tu prieras la petite Thérèse pour ma conversion!

Ta mère a continué à défaire sa valise. Alors que j'avais cru affronter une tempête, elle m'a offert le plus beau de son sourire. Nous nous sommes mis à rire, ce qui était plutôt rare entre nous!

Ta voix s'est cassée tout à coup. Je n'ai pu éviter la question :

— Pourquoi n'as-tu pas voulu lui faire partager tes souvenirs?

— Elle savait que je l'accompagnais pour retrouver ma Normandie. Elle voulait sans doute me laisser seul avec mes souvenirs. Peut-être s'en désintéressait-elle? Vous avez toujours cru, vous autres, les enfants, que j'avais tous les torts!

*

Tu as loué une auto, le lendemain matin, et tu as retrouvé la préfecture de Caen, non sans difficulté. Sur une terrasse, en face, tu demandes un p'tit blanc, comme autrefois avec Pierre Muller.

— Qui était-ce?

Un résistant du réseau de Normandie qui avait rejoint notre bataillon, comme plusieurs de ses compatriotes. Excellent tireur, on l'avait incorporé à notre section. Muller, c'était plus qu'un camarade, un ami, un gars de mon âge. On était comme les deux doigts de la main. Il était drôle, astucieux, débrouillard.

On avait mijoté un plan : celui de s'introduire dans le village de May-sur-Orne, imprenable, et de rapporter à l'état-major ses points stratégiques et l'état des troupes ennemies. L'homme qui pouvait nous aider était emprisonné, parce qu'il avait collaboré avec des nazis. Le major et le directeur de la prison nous avaient laissé carte blanche.

Tu ris soudain au souvenir de la présence du gros homme assis en face de toi et de Muller dans la salle minuscule de la prison. Comment a-t-il pu arracher tant de vivres depuis 1941 à des gens affamés, villageois et fermiers, pour les vendre ensuite à l'ennemi?

— La peur d'être dénoncé. Le salaud en avait donné plusieurs à la Gestapo, siffle Pierre Muller entre ses dents.

— Ton nom, c'est bien Debach? Tu viens de Rosheim, un village alsacien près de celui de mon copain, Pierre Muller?

— Oui, c'est ça! soupire le gros homme.

— Je suis venu te proposer un marché, enchaînes-tu. On conduit ton camion plein de bonnes choses pour tes amis, les SS. Tu appelles un de tes contacts pour deux sauf-conduits. Tu nous écris un mot gentil pour nous faire connaître et t'excuser de ne pouvoir venir. Tout ça garanti sur ta vie. Mes amis à moi t'offrent une remise de peine. C'est réglo?

— Mes contacts? J'en ai plus depuis que je suis dedans.

— Ah bon! Gardes, ramenez-le!

Le gros homme s'est mis à transpirer, à tordre ses mains grassouillettes. Bien sûr qu'il essaiera de retrouver un de ses contacts, si on lui en laisse le temps.

Tu glisses quelques mots à l'un des gardes qui revient plus tard avec une radio à transmission. Il dépose l'appareil devant Debach qui cherche la fréquence et réussit après plusieurs essais à rejoindre le directeur allemand des approvisionnements à May-sur-Orne, lui donne son nom de code et le motif de son appel. Muller, l'écouteur à l'oreille, surveille les voix allemandes de l'officier et de l'Alsacien. L'officier reconnaît l'accent particulier du cher ami français. Il se réjouit de regarnir ses réserves alimentaires à sec. Il les attendra, à l'heure indiquée, au poste de contrôle pour les sauf-conduits. Aux avant-postes, la consigne sera donnée de laisser passer le camion que plusieurs reconnaîtront.

— Ça va, Debach? lui demandes-tu. Écris maintenant

un mot aux SS qui voudraient nous arrêter. Dresse aussi la liste de ce que tu apportes à tes amis. Évite le caviar!

*

Dans la cour de la prison, vous retrouvez le camion que tu conduiras, Muller se chargera de la jeep.

Au cantonnement, le camion a été bourré de quartiers de bœuf, de longes de porc, de gigots d'agneau, de douzaines de poulets et de lapins, de jambons et de saucissons, de poches de farine, de sucre, de pommes de terre, de barillets de cidre, de vin, d'anguilles, de paquets de morue salée, de boîtes de biscuits, de deux douzaines de bonnes bouteilles de bordeaux et des légumes qu'offraient les marchés ouverts de la région. Facture en main, tu tiens à revoir toute la marchandise, estampillée Normandie.

*

Tu n'as plus de casquette sur la tête, ni de chemisette bleue et de pantalon de grosse toile sombre, comme autrefois. Tu conduis maintenant, ce seize septembre 1988, une petite voiture Renault sur la 158. On te double sur la route asphaltée. On t'insulte : « À l'hosto, le vieux! » Ils ne savent pas qu'à tes oreilles bourdonnent la voix de Muller, en cet été de 1944.

— La langue des Teutons, je la parle depuis que je suis tout petit. Toi, boucle-la! Ouvre les yeux!

Le camion roule lentement. L'immobilité de la plaine, le silence pesant de la nature gorgée de soleil, tout vous semble troublant, mortel. Le village de May-sur-Orne se dresse comme un piège qui se refermera sur vous. Tu arrêtes la Renault sur l'accotement. « Je deviens fou, ma parole! » Devant toi, un champ de blé à hauteur d'homme que délimitent des haies où s'entremêlent des arbustes et des arbres. Dans le chemin creux, de l'autre côté, un paysan conduit un tracteur qui tire une charrette. Une jeune femme marche, un enfant à ses côtés.

Sans crier gare, voilà que tu bascules de nouveau dans le passé, peut-être à cause de ce monument aux morts, à l'entrée du village.

Tu entends les cris gutturaux du sergent allemand et Muller qui répond. Inspection minutieuse des passeports, mains baladeuses sur vous. Un soldat, radio à la main, répond à une voix lointaine. Interrogatoire par un jeune officier au français impeccable.

— Vous êtes du Poitou?

Imperturbable, tu ne bronches pas.

— Non, du Jura, reprend l'Allemand, sûr de lui.

Tu flattes d'un sourire approbateur l'assurance tranquille du linguiste dont la vanité t'a sauvé. Comme autrefois, un verger immense s'étend à ta gauche. Des fortifications ferment le bas du village. Des gens, en vêtements légers, se promènent. Des portes claquent : tu n'as qu'à fermer les yeux quelques instants pour entendre le mouvement continuel des troupes allemandes, le ronronnement de moteurs de camions de toutes grosseurs, le bruit de ferraille des chenilles, les ordres brefs hurlés de partout.

Tu stationnes la Renault sur la place de l'église. Tu n'oses pas t'asseoir sur la margelle de la fontaine. C'est en bas de la côte de la rue principale que tu as rencontré un homme grand, très maigre, qui a surgi près de toi et de Muller. Combien de fois l'as-tu revu dans tes songeries et senti ses longs doigts dans ses gants, te serrer la main? Le français écorché de l'officier Grass souhaite la bienvenue aux amis de monsieur Debach, le vaillant collaborateur de l'armée du Führer.

— *Pien, pien,* se délecte l'Allemand, après l'inspection de la cargaison de vivres. *Fotre prix?*

Tu présentes la facture, honorée sur-le-champ en monnaie française.

— *Un aide à moi konduire le kamion à cuissine et lé ramène,* crache l'officier des Approvisionnements, au sourire contraint.
— Voilà un manque de confiance qui m'accable, réponds-tu. Monsieur Debach ne l'accepterait pas. L'honneur m'oblige à retourner à Caen. Veuillez m'excuser!

Tu t'apprêtes à ouvrir la portière du camion.

— *Môssieur!* supplie l'Allemand, décontenancé par la sortie courroucée du Français.
— *Pien! Fous konduire. Moi, près de fou montrer chemin.*

Il crie des ordres. La barrière levée, tu engages le camion sur la rue principale, freinant sans cesse à cause de la présence de canons tirés par des camions ou à bras d'hommes.
Sur le toit de nombreuses maisons, des mitrailleuses camouflées, entourées de sacs de sable. Plus loin, un immense hangar ouvert laisse voir des tanks que des mécaniciens nettoient. Tu découvres à travers les pommiers une activité fébrile. Le camion a pris la droite, longe un coteau bosselé d'où sortent par magie de nombreux fantassins. Curieux! Proviennent-ils de l'énorme goulot d'une mine où circulent sans arrêt des soldats qui y entrent avec des caisses de toutes sortes?

Les vivres ont été déchargées dans la cave d'un immeuble dont le rez-de-chaussée est bourré de nombreuses boîtes de munitions.

Tu demandes à l'officier de revenir par des rues moins encombrées, ce qu'il accepte, pour se faire pardonner, sans doute.

— Quel imbécile naïf que ce fritz au cou de cigogne! rit encore Muller, en racontant le culot incroyable de son camarade à des soldats de votre bataillon.

Les canons cachés des batteries t'effraient par leur nombre. Mais surtout, tu n'arrives pas à comprendre d'où surgissent les fantassins à travers les buttes qui courent du côté ouest du village et le traversent vers la plaine.

*

Tu gares la Renault pour parcourir ensuite la rue principale, à la recherche d'un petit hôtel que tu découvres, non loin de la place de l'église. La chambre qu'on t'offre pour la nuit donne sur la campagne. Aucun souvenir ne surgit de ta mémoire. Tu marches dans la chambre, mains derrière le dos, tu t'assois sur le lit pour revenir vers la fenêtre et scruter de nouveau le coteau qui s'étend au bout du village inondé par le soleil de fin d'après-midi.

Tu souris soudain, envahi par le visage radieux de Muller. Il a déniché trois mineurs, des amis du maquis. Ils tracent devant toi le plan de la mine avec ses galeries qui s'étendent de May-sur-Orne, jusqu'à Roquencourt, en passant par Fontenay-le-Marmion et indiquent les puits d'aération en larges traits gras.

Tu descends le vieil escalier le plus vite que le peuvent tes pauvres jambes.

— Vous connaissez Joseph Ernaux ou euh... un nommé Lévesque? demandes-tu au réceptionniste, un homme âgé à la moustache tombante.

— Lévesque, Ernest? Bien sûr. Venez, mon bon monsieur.

Il te conduit sur le trottoir et, de la main, t'indique une enseigne, à une cinquantaine de mètres.

— Ernest, c'est un ancien mineur, converti en boucher depuis près de quarante ans. Le meilleur du coin. Un vieil ami d'enfance.

Tu entres dans la boucherie et te diriges vers un homme dans la soixantaine, aux yeux proéminents.

— Vous me reconnaissez, monsieur Lévesque? demandes-tu, non sans te sentir ridicule. En 1944, étiez-vous du maquis de Normandie?

Un homme dans la trentaine s'apprête à répondre.

— Toi, Raoul, occupe-toi du gigot d'agneau de madame Gautrin! Oui, j'étais du maquis, dit-il, en s'essuyant les mains sur un tablier maculé de sang.

— Vous vous souvenez de Pierre Muller?

— Pierre Muller? Muller, reprend-il, les sourcils froncés. Si je m'en souviens? Bien sûr! Je ne l'ai plus jamais revu dans le coin!

Tu tends la main à ce Lévesque qui enlève son tablier. Il a déjà compris ce que tu n'as pas encore révélé et ne se possède plus de joie.

— Venez. Monsieur?

— Bilodeau. J'étais avec Pierre Muller quand vous

et deux autres, vous avez tracé les plans de la mine qui servait de repaire aux Allemands qui nous tiraient dessus, nous, les Canadiens. Vous trois avez dirigé une équipe de commandos qui a fait exploser la mine par les puits d'aération. L'aviation n'avait pas été capable de détruire les galeries trop profondes.

— Hé, Raoul! tu sers les clients en mon absence.

Il te dirige à travers la rue principale, se dandine malgré sa corpulence, s'arrête devant un café.

— Attendez-moi. Je reviens tout de suite.

Tu t'assois à une terrasse de ce village de Normandie. Le passé t'envahit comme une bouffée de joie, alors qu'il ne faudrait pas. « May-sur-Orne, un cimetière pour les troupes canadiennes », répétait le major Marcoux. Mais tu n'y peux rien. Ton Lévesque revient avec le cabaretier et les clients. On t'entoure, on te célèbre.

— Ah! ces Canadiens! s'écrie le boucher, surexcité. Une tournée en l'honneur de Bilodeau, un authentique héros!

— Je prendrais bien un p'tit blanc!

Ta demande fait rire tes nouveaux amis.

— Un p'tit blanc pour tout le monde, s'assure le boucher qui raconte l'exploit du commando et des trois guides de May-sur-Orne : l'explosion de la mine durant la nuit, la mort de beaucoup d'Allemands enterrés dans les galeries, le départ de l'ennemi, deux jours plus tard.

— Le sept août, précises-tu, toi qui te souviens, comme ceux qui t'entourent.

— Tout ça a été écrit dans le journal par un historien-journaliste dans *La Voie de la Normandie*, il y a dix ans.

Tu es revenu tard à l'hôtel et tu as peu dormi, trop bouleversé par le présent et le passé qui se télescopent. L'hôtelier, avant ton départ, le lendemain matin, a refusé le paiement de ta chambre, trop heureux d'avoir hébergé un vétéran canadien qui avait combattu les Allemands à May-sur-Orne.

— Dommage, papa, que maman ne t'ait pas accompagné.

Tu lèves les bras et tu les laisses retomber pour souligner ton impuissance.

*

— Tu as reçu une médaille?

— Pas cette fois! Au camp, à notre arrivée, Muller a sauté du camion, s'est mis à danser et à chanter à tue-tête devant des soldats enthousiastes qui nous entouraient. Il m'a embrassé à plusieurs reprises, moi, l'idiot de Canadien français, cet abruti qui engueulait le nazi en lui parlant du code d'honneur!

À la barbe des Allemands, Muller avait piqué trois lapins, une meule de camembert et quatre bouteilles de bordeaux. Il a sorti de son barda trois bouteilles de calvados échangées, l'avant-veille, pour des paquets de cigarettes.

Chouinard et un nouvel arrivé dans la section ont préparé des lapins aux pruneaux, comme je n'en ai jamais mangé, depuis, de si délicieux. Et pour le dessert, ils m'ont soûlé à en être malade, toute la nuit!

Chapitre 18

Près du cimetière de Bretteville-sur-Laize, tu t'arrêtes, étrangement ému. Devant ton regard, à perte de vue, les pierres tombales blanches s'alignent avec les fleurs qui poussent, toutes semblables.

Tu demandes au gardien de te conduire sur les tombes des soldats du régiment de Maisonneuve. Au milieu d'une allée, Boucher. Beaucoup plus loin, Muller, ton ami qui n'était pas revenu d'une mission de reconnaissance, avant les combats les plus acharnés entre Verrières et Falaise. Une semaine de fer et de feu, la plus dure de toutes, se souviennent ceux qui ont été épargnés. Longtemps, tu as cherché son visage, poursuivi par son rire et sa façon de t'appeler « le Canadien »! Et plus loin encore, le sergent Lambert. « Pilou », répètes-tu pour toi-même, retrouvant dans l'évocation de sa mort, comme un apaisement. Ta voix tremble un peu, tu t'efforces en vain de la raffermir.

Sur une route de terre paisible qui ressemble à un rang de chez nous avec ses maisons clairsemées, Pilou et toi, envoyés tous deux en éclaireurs, vous vous êtes joints, en revenant, à un peloton qui a enlevé, durant la nuit, une colline qui domine la plaine. Un bruit sec éclate dans le silence ensoleillé. Pilou, lentement, s'affaisse. Du sang jaillit du côté du cœur et macule son battle dress. Tu t'assois et ramènes sur tes genoux la tête de ton commandant, avec des gestes empreints de douceur, indifférent aux hommes qui vident leurs chargeurs dans l'arbre en face d'eux. Un jeune SS s'écrase, troué de toutes parts. Il paie de sa vie celle d'un sergent ennemi.

Tu ne parles pas, concentré sur le visage de ton camarade et sur le sang qui coagule. Tu te sens coupable de l'avoir amené dans cette mission. « J'aurais dû y aller tout seul », répètes-tu, après toutes ces années, comme pour raviver une blessure qui ne s'est jamais refermée.

*

La petite Renault poursuit sa course. Tu ne reconnais plus les lieux. Seuls les panneaux des villages te plongent dans des souvenirs heureux auxquels tu ne t'accroches guère, soucieux d'arriver sur les hauteurs d'Elbeuf. Votre régiment y avait campé la veille. Au matin, ordre à tous de veiller à votre tenue, puisque vous serez les premiers soldats canadiens à entrer dans Rouen détruit et à parader au cœur de la ville, sur les bords de la Seine.

— Si tu m'avais vu, André, parmi cette foule qui riait, pleurait. Moi qui ne suis guère porté aux effusions, je me laissais embrasser par les femmes, étreindre par des hommes, boire le vin qu'on m'offrait. « Hé! ce sont des Canadiens français », entendais-tu de toutes parts.

Surpris, mais heureux, les gars de la section des tireurs d'élite t'ont vu danser, chanter, offrir du chocolat et fumer avec les hommes les cigarettes que tu distribuais.

Tu t'es retourné à la sortie de Rouen pour regarder une dernière fois la flèche de la cathédrale et te souvenir de la libération de la ville. À Tremblay qui marchait au pas près de toi, tu avais avoué : « Ouais, ce qu'on a fait, ça valait la peine! »

*

Après avoir laissé la voiture louée au garage, tu as marché vers la place de la Cathédrale. Tu l'as reconnue de loin, mais non ses abords qui gisaient alors sous les décombres. Tu te souvenais à peine de son portail central, trop bouleversé à l'époque par la foule exubérante qui vous entourait, vous les Canadiens, héros de ces villages reconquis et de cette terre de nouveau française.

Tu t'es assis, non loin de kiosques de souvenirs et de bricoles pour touristes. Un car a déversé ses caméras et ses appareils photos.

Tu as regardé la Seine qui coulait ses eaux, emporté par tes souvenirs, refusant de devenir un touriste, gardant pour toi seul l'indicible de ta vie, ici, en ta Normandie.

— Hé, Charles! as-tu entendu.

Dans la descente d'un car, Irène, dans une robe à larges fleurs, levait la main. Tu as marché lentement vers elle, dans la fin de l'après-midi qui rayonnait.

*

En Hollande, une pluie froide de fin d'automne forme un brouillard sur les canaux d'un petit village. Derrière les murs de la mairie, les éclats d'un obus arrêtent net ta course vers un peloton de ta compagnie aux prises avec des tireurs d'élite allemands. Tu as essayé de rester debout, mais tes genoux ont plié avant que tu ne t'écrases de tout ton long. Le sang coule de ton bras qui s'ankylose, et ta jambe, où la douleur irradie, surgit hors du drap kaki brûlé.

Tremblay, accouru vers toi, te prend dans ses bras et te couche près du parapet. Il a retiré un pansement de son casque et essuie le sang qui s'égoutte de ton bras gauche. Ta bouche fait un drôle de gargouillis.

— Bilodeau, bouge pas. Je suis avec toi. Non, laisse-toi pas aller. Faut te battre. Tu nous dois bien ça!

Peut-être as-tu entendu ces mots ou est-ce lui, Tremblay, qui te les a répétés, plus tard, dans la jeep qui vous conduisait au poste médical.

— Y'va s'en remettre, ton copain, peut-être...

Les paroles du brancardier se perdent dans le bruit du moteur, loin, très loin de toi.

QUATRIÈME PARTIE

Chapitre 19

Je regarde l'horloge grand-père, surpris du temps écoulé, ébloui soudain de retrouver par la fenêtre ouverte la rumeur de la ville, le crissement des pneus sur l'asphalte de la rue. Tu t'avances et regardes la course de deux jeunes garçons sur le trottoir d'en face.

— Tiens, il est temps de dîner. Depuis le début des classes, je mange en même temps qu'eux!

La cuisine est pleine de soleil, « la pièce qu'Irène préférait », dis-tu, en ouvrant la porte du réfrigérateur.

— Non, laisse, papa. J'ai sans doute plus l'habitude que toi! Tiens, un reste de poulet. Je prépare une salade? Tu es d'accord?

Tu lèves les épaules et fais la moue. Ça ou autre chose! Assis en face de moi, tu manges à peine. Je sais que te poursuivent encore les souvenirs d'autrefois. D'où vient ce déferlement inhabituel de paroles comme si tu ne pouvais endiguer le pressant besoin de te dire? J'en suis angoissé, puisque cette urgence me souffle « avant qu'il ne soit trop tard? » Je t'écoute, attentif à l'impérieuse nécessité qui me confie ton passé enfin dévoilé pour que j'en sois le dépositaire.

*

Tu avais été chanceux, poursuis-tu – comme si le

197

temps ne s'était pas aboli depuis notre départ du salon – de ne pas avoir subi l'amputation de ta jambe droite qui s'était infectée durant la traversée de Hollande vers l'Angleterre. La pénicilline, un antibiotique miraculeux offert aux blessés alliés, l'avait sauvée de la gangrène. Cloué sur un lit comme la plupart des soldats autour de toi, tu émergeais d'un trou noir. La pluie froide du petit village hollandais, ta blessure, la traversée de la mer du Nord, les premiers jours dans l'immense dortoir encombraient ta mémoire de brèves éclaircies. Seule demeurait vivace, comme un long cauchemar, la souffrance qui t'avait rendu à toi-même. Plusieurs camarades avouaient leur bonheur d'avoir été blessés. La boue, la fatigue, la peur, c'était enfin terminé. Pas toi qui éprouvais un grand vide et une culpabilité sournoise de n'avoir pas été foutu d'achever ta tâche, à cause d'une imprudence qui te mortifiait. Dans ta tête, tu repassais souvent ta course vers le petit pont, décelant chaque fois la bêtise de ne t'être pas couvert. Comme si tu avais été un bleu, un conscrit inexpérimenté.

Sur l'Atlantique démonté qui t'avait causé un mal de mer mémorable, un navire hôpital de la marine canadienne avait conduit ses blessés de guerre au port de Montréal. Le Queen Mary's Military Hospital vous avait accueillis dans ses salles.

Tu bois lentement le thé très chaud que je t'ai apporté.

— Je te sens fatigué, papa. Sans ta sieste, tu ne passeras pas la journée! Viens.

Tu te lèves et me suis, la tasse de thé à la main, dans le boudoir où gisent dans un coin les toiles que vous aviez achetées, toi et maman, et dont certaines marquent des étapes importantes de votre vie.

— Je voudrais en fixer quelques-unes aux murs. Elles égaieront la maison. Disposées autrement, tu les redécouvriras.

Tu ne parles pas pendant que ton regard balaie les tableaux entassés comme des livres sur une étagère. Avant de fermer la porte de ta chambre, tu te retournes.

— Si tu veux. Moi je n'aurai pas le courage.

*

Déjà cinq toiles accrochées parmi celles qui m'ont accompagné depuis mon enfance. Je m'apprête à poser, sur le mur, derrière le piano, *Vie à la campagne,* de Kitty Bruneau. Le haut du tableau construit à la façon d'une bande dessinée où volent des oiseaux et courent des renards, ses chevaux bleus et blancs qui occupent plus de la moitié de la toile m'ont toujours fasciné.

*

Soudain, voici que monte en moi, comme un long sanglot, celui de l'enfant de cinq ans qui regarde la valise que papa a descendue du grenier et dans laquelle il jette des vêtements. Je suis allé vers toi, moi, ton préféré, comme me le rappelle souvent Vincent. Au bas de l'escalier, maman et Lorraine pleurent. Je crois que j'ai fermé le couvercle de la valise et que je me suis assis dessus. « Si tu nous quittes, je vais me coucher dedans et je vais mourir de chagrin parce que je ne te verrai plus. »
Mes mains, qui tiennent le tableau, tremblent à peine. Était-ce moi qui avais prononcé ces paroles ou les ai-je inventées plus tard? Papa m'avait pris dans ses bras et m'avait dit : « Je vais rester parce que tu m'aimes. »

Maman n'avait jamais oublié. Durant un de ses séjours à notre appartement, à Montréal, elle m'avait expliqué ton geste dont elle était en partie responsable.

Deux ans après la naissance de Catherine, elle n'avait pu mener à terme une cinquième grossesse. Déprimée, elle avait attribué tes absences plus fréquentes, ta froideur envers elle, à ton besoin de la rendre coupable de la perte de votre enfant. Que cette pensée l'ait effleurée t'avait jeté dans une violente colère qui avait failli te conduire à l'irréparable.

Elle n'avait pas su déchiffrer les signes de la détresse que tu manifestais par tes absences et ton amertume. Elle t'avait demandé pardon.

Cette toile était accrochée sur le mur de votre chambre, au-dessus de la valise dans laquelle j'avais voulu me coucher. Comment ne jamais oublier? Comment oublier les semaines qui avaient suivi et qui avaient compté parmi les plus heureuses de notre vie familiale telle une halte ensoleillée ravivant un moment votre amour perdu?

Tu sors de ta chambre. Sur ton visage chiffonné par l'oreiller, tu passes ta main, vieille habitude chez toi quand tu oubliais de te raser : « Charles, tu te négliges », reprenait chaque fois maman. Tu t'arrêtes devant le mur du salon où j'ai accroché trois toiles dont celle du centre où trois troncs d'arbres dénudés occupent la gauche parmi des chicots qui coupent tout le tableau. Paysage de neige bleu pâle tirant sur le gris. Le lointain devient immense, étagé, avec une barre rose qui brise le noir de la terre et les bleus de la montagne perdue dans un ciel infini.

La tristesse qui m'envahit provient-elle du tableau ou plutôt de l'abattement que tu ne peux cacher?

— D'où vient ce paysage, papa?

Ta réponse éclaire ton visage. Tourné vers moi, tu t'animes.

— J'avais invité mon nouveau voisin, Angémil, à passer quelques jours avec moi à mon chalet. À part deux sorties en chaloupe pour aller pêcher au pied du gros rocher au bout du lac, il a peint quinze heures par jour. On se comprenait sans beaucoup parler. Puis un hiver, à sa demande, nous sommes retournés dans le bois. Je demandais pas mieux! Des jours extraordinaires. Il m'expliquait les couleurs, rose, mauve, bleu de la neige. « Tu vois, Charles, la neige, faut savoir la regarder. Est pas toujours blanche. Tout dépend de la lumière. » On se levait à la barre du jour. Il commençait à peindre en regardant par les baies qui donnaient sur le lac et la montagne qui se transformaient sous ses pinceaux. Tout était nouveau à partir de ce que j'avais toujours regardé. Angémil m'a permis de voir l'eau, la neige, les arbres, le ciel. Je nous préparais des déjeuners de bûcherons. Après avoir lavé la vaisselle, il me disait : « Charles, viens avec moi. On met nos raquettes, on traverse le lac pour aller voir les rapides de la rivière Pikoba. Je vais t'expliquer les couleurs de l'eau, l'hiver. » Une fin d'après-midi, on avait côtoyé un brûlé que la neige avait en partie recouvert. Il s'était arrêté longtemps : « Hé, Angémil, j'ai les pieds gelés. Viens! »
Une semaine plus tard, quelqu'un frappe à la porte. Je n'ai pas le temps d'ouvrir qu'il est dans le salon : « Tiens, Charles, notre brûlé, il est là. »

— Ouais, mon voisin, le peintre, je pourrai plus l'amener à mon chalet! me dis-tu, en montant l'escalier pour aller te raser.

Ce lieu de beauté et de paix, tu l'as vendu, l'an dernier, dans un geste désespéré, quelques semaines après la mort de maman. Malgré les supplications d'Hervé, ton ami, malgré la demande expresse de Lorraine de le garder pour toi et la famille, tu avais commis un acte que tu regrettes amèrement, je le sais par tes dernières paroles.

Toi qui le souhaitais depuis si longtemps, tu avais enfin obtenu du ministère des Ressources naturelles le terrain tant convoité au lac Kénogami. Vieillissant, tu avais peu à peu délaissé les chantiers : « Pourquoi tant s'éreinter? » avais-tu laissé échapper à Irène qui nous avait apporté l'heureuse nouvelle de l'achat de ton chalet. Cette phrase reprenait, me disais-je, l'à quoi bon qui avait guidé ta vie.

Posé sur une colline, le camp que tu avais fait construire regardait le lac et la rivière Pikoba, en face. Durant deux ans, avec un menuisier à la retraite, tu avais fignolé l'intérieur. Tu y séjournais de plus en plus souvent, seul ou avec ton ami Gagnon, comme tu aimais l'appeler, surtout quand Irène nous visitait, Vincent et moi, à Montréal, Catherine, à Sherbrooke ou qu'elle partait quelques semaines vers l'Europe. Tu n'aimais pas te retrouver seul dans l'immense maison.

— Pourquoi tu m'invites pas à ton chalet? t'avait demandé Lorraine, un jour.

— Parce que tu ne me le demandes pas!

— Si tu l'avais vu au volant de sa jeep! Il la conduisait aussi vite que sa Buick, qu'il avait laissée à maman! me racontait Lorraine, au téléphone. Un p'tit gars qui s'amusait à couper les courbes, à klaxonner derrière un retardataire, à ouvrir très fort la radio. Ce vieil homme, près de moi, n'était plus le père renfrogné que nous avions toujours connu.

Tu retrouvais le bois, ta patrie, qui te rassérénait et t'ouvrait à une part inconnue de nous. Dans le chalet, ça sentait le pin et l'odeur discrète de la fumée du poêle à bois. Elle s'était assise près de toi en face des baies qui donnaient sur le lac Kénogami et la rivière Pikoba. Tu ne parlais pas, mais elle sentait ton bonheur de partager avec elle la beauté du paysage et une sérénité qu'elle ne te connaissait pas. Dans la pièce principale comme dans la chambre étaient accrochées des photos qui rappelaient des moments fugitifs de notre vie d'enfants. Surprise de ne te retrouver nulle part, elle t'en avait demandé la raison. Tu avais haussé les épaules et tu t'étais rembruni pour cacher ta tristesse, avait-elle pensé.

La soirée avait coulé dans la douceur du couchant sur le lac. Tu avais à peine parlé de toi, mais tu t'étais intéressé à ce qu'elle te racontait.

Couchée tôt, elle avait cru entendre un bruit léger à l'aube. Vers six heures trente, elle s'était levée. Le canot avait disparu du quai. Assise sur la galerie, un café à la main, elle t'avait vu apparaître du côté de la rivière Pikoba, minuscule point dans la brume du lac. Elle t'avait attendu sur le quai et avait ri de ton invraisemblable chapeau. « Notre dîner », avais-tu dit, en lui tendant le panier où gisaient quatre truites.

*

Durant l'été, Catherine était venue chez Lorraine passer cinq jours de vacances. Son mari avait accepté de garder leurs deux enfants, Félix et Nicolas. La jeune mère de trente-deux ans ressemblait étrangement à son père : grande et svelte, elle avait le même visage ovale aux lèvres minces, le front haut, des cheveux noirs, frisés. Lorraine l'aimait pour sa spontanéité insolente et la détermination que dévoilait sa démarche. Elle adorait, elle si sage, l'écouter énoncer des énormités dont elle riait d'un rire frais, gouailleur.

Comment Lorraine avait-elle réussi à entraîner notre

sœur au chalet de notre père? Après la scène déchirante de sa rencontre avec lui, près du cercueil d'Irène, peut-être s'était-elle émue de sa solitude désespérée, au-delà d'une indifférence qu'elle croyait feinte?

Elle avait découvert dans le silence et la lenteur des heures une part inconnue d'un être attachant, éloigné du visage ingrat de celui qu'elle appelait son père.

Tu aurais aimé, avaient-elles compris, la présence d'Irène auprès de toi, dans un royaume qui te ressemblait. Venue une fois, elle s'était ennuyée.

Pourquoi, papa, t'es-tu dépossédé d'une partie de ton âme en te débarrassant de ton camp qui abritait ton bonheur de vivre dans une nature sauvage qui rendait ta solitude heureuse?

Et si la mort de maman avait réveillé une culpabilité assoupie, vieille de toutes ces années auprès d'elle, toi qui te reproches de n'avoir pas su l'aimer? Je n'ose t'en parler de peur de te briser.

La sonnerie du téléphone rompt le silence.

— Hé, André, réponds!
— Non! c'est toi qu'on appelle.

Je refuse, pour t'obliger à prendre la communication, me souvenant des paroles de maman qui nous rappelait que tu n'osais pas répondre au téléphone, les samedis et dimanches surtout, par peur de bafouiller à l'appel d'un enfant, ne sachant trop que dire ou craignant de tomber sur Vincent au bout du fil. Elle reconnaissait la blessure profonde de l'absence si longue de Vincent, par des signes imperceptibles, visibles d'elle seule, et elle s'en voulait de ne rien trouver pour vous rapprocher.

— Ça le tue de ne pouvoir revoir son aîné après tant d'années, répétait-elle à chacune de nos rencontres.
— Vincent aussi, je le sais, répondais-je à maman.

Il s'inquiète de sa santé et craint de ne pas se réconcilier avec lui, avant... Et pourtant comme ils se ressemblent dans leur entêtement orgueilleux! Qui, le premier, brisera l'intolérance dans laquelle ils se sont enfermés?

*

J'entends le murmure de ta voix et les silences entre chacune de tes phrases légèrement fébriles. J'ai pris entre mes mains la vieille corbeille d'osier sur le meuble du salon où maman déposait les lettres de vos enfants et petits-enfants. Tu n'osais les ouvrir par une pudeur singulière, t'imaginant que les secrets qu'elles contenaient ne t'appartenaient pas. Maman s'était objectée au début, mais elle te les lisait maintenant, évitant les passages douloureux ou trop intimes par peur de t'embarrasser. « Il m'écoute attentivement, mais évite de poser des questions », nous disait-elle.

Elle se reprochait de ne pas te révéler ce qu'elle savait de la vie de vos enfants et petits-enfants, depuis cette soirée où elle t'avait surpris avec un album-photos qui racontait notre enfance, inconnue de toi.

J'entends ton pas dans le corridor du haut, puis dans votre chambre, celle que tu avais délaissée, me disais-tu à mon arrivée. Je traîne du salon au boudoir, où je trouve encore deux toiles qui pourraient être accrochées dans la cuisine sur le mur qui donne sur la pièce, autrefois ton bureau et qui te sert maintenant de salle de lecture, de chambre à coucher – ton antre – comme la désigne Hélène, la petite-fille de monsieur Gilbert.

Tu descends enfin l'escalier, pimpant, rasé de frais. Je m'extasie.

— Tu es vêtu comme un mannequin! Pantalon brun,

chemise ocre, veste de suède en chamois. Et des souliers italiens, j'imagine!

— Irène m'avait traîné au magasin pour acheter ces vêtements. « Tes chemises à carreaux, j'en ai soupé », disait-elle. Mais elle est partie avant que je les étrenne au restaurant pour son anniversaire de naissance. Je les porte pour la première fois, ajoutes-tu, d'une voix éteinte.

— Où vas-tu?

— Lorraine nous invite à souper. Elle veut qu'on n'arrive pas trop tard pour profiter du soleil. Vous ne vous êtes pas vus depuis le départ de votre mère, je crois.

Je lui prends le bras et l'entraîne vers son fauteuil.

— Ne sois pas trop triste, papa. Maman serait heureuse que tu portes ces vêtements pour nous fêter, Lorraine et moi. Tu as ma lotion à barbe, du Brut! lui dis-je, pour le taquiner, pendant que je m'assois en face de lui.

— Raconte-moi comment vous vous êtes rencontrés, tous les deux. Je résume : tu es arrivé d'Angleterre au port de Montréal. On te conduit à l'Hôpital militaire. Irène Bruchési te tombe dans les bras?

— Minute, mon garçon! En 1945, on y mettait les formes, beaucoup plus que les jeunes d'aujourd'hui, ajoutes-tu sans sourire, comme si tu cherchais à retrouver Irène dans tes souvenirs.

Tu n'avais pas rencontré l'infirmière Bruchési avant plusieurs jours. La traversée t'avait secoué et avait légèrement infecté la blessure à ta jambe. La fièvre t'avait tenu alité.

Ce que tu avais connu de cette infirmière, une des rares Canadiennes françaises au Military Hospital, ce fut d'abord le geste du thermomètre dans ta bouche et la douceur de sa main sur ton front. Tu te souviens de la gêne de dévoiler ta maigreur quand elle avait refait le bandage de ta jambe qui suppurait. Tu ajoutes : « Tu sais, dans ma jaquette, j'avais rien pour séduire! »

Tu étais détaché de ceux qui t'entouraient, personnel infirmier, médecins et blessés, dont beaucoup étaient plus mal en point et dont on s'occupait davantage. La fièvre intermittente et les élancements à ta jambe te préoccupaient.

Avec les jours, sitôt la fièvre partie et tes forces revenues, tu cavalais en béquilles entre les lits et dans les corridors, demandant à chaque visite du médecin quand on t'enverrait en physiothérapie.

— Comment était-elle, papa?
— Grande et brune, avec des épaules un peu fortes. Une très belle femme qui dégageait une assurance tranquille et une impression de fermeté qui m'ont séduit, je crois. Elle était différente d'Évelyn dont la fragilité et le charme te sont connues, grâce à Hervé.

Tu parles de cette dernière, sans émotion apparente. Elle t'est devenue, me semble-t-il, un point de référence.

Certains soldats blessés du bataillon B avaient parlé de toi à Irène. Tu avais été obligé, malgré un premier refus, de prendre le commandement de la section des tireurs d'élite et tu avais reçu le grade de sergent à la mort de Pilou.

Tu fais un geste de la main pour me forcer à oublier « ce détail », une coquetterie de ta part, ne puis-je m'empêcher de penser. Ton âge – tu avais allègrement franchi la trentaine – les lectures qui t'occupaient, ton sérieux ont porté Irène vers toi, sans aucun doute.

— Tu étais beau, distingué. Très attirant, avait déjà

avoué maman, un jour de notre adolescence, quand elle avait admis que Vincent te ressemblait.

Elle nous avait révélé que ton séjour à l'hôpital ne lui avait guère appris à te connaître. « Il me faisait parler de moi, mais lui ne se découvrait pas. Ça me frustrait un peu. »

Elle t'avait à plusieurs reprises promené en chaise roulante dans les jardins extérieurs de l'hôpital, à l'heure de son repos. Assise sur un banc, elle mangeait un sandwich et des gâteaux confectionnés de sa main, qu'elle partageait avec toi.

Tu marques un temps d'arrêt pour reprendre avec le rire retenu qui te distingue.

— C'est la visite d'Hervé et de Mariette qui a tout déclenché entre Irène et moi.

— Pas encore lui ? ne puis-je m'empêcher de m'écrier, en riant à mon tour.

Au mois de février 1945, tu lui avais écrit pour l'avertir de ton arrivée au Québec depuis dix jours. Tu te souviens comme si c'était hier du billet qu'il avait reçu et qui ne le décevrait pas.

Montréal, 15 février 1945

Cher Hervé,

Dans l'armée, on donne des ordres ou on en reçoit. Le sergent Charles Bilodeau du régiment de Maisonneuve exige du civil Hervé Gilbert et de son épouse, Mariette, de le rencontrer au plus tard d'ici dix jours, au Queen Mary's Military Hospital. Il y va de sa santé. C'est un ordre !

Charles

P.-S. Pour services rendus auprès de monsieur le notaire, acceptez ce chèque pour votre voyage en train, vos menues dépenses d'hôtel et autres.

Chapitre 20

Tu les attendais, caché non loin de la réception de l'hôpital, riant des phrases anglaises que tournait Hervé pour se faire comprendre des préposés. Irène avait poussé la chaise roulante vers Mariette et ton ami qui avait failli s'étrangler d'émotion en te voyant. Tu l'avais longuement serré dans tes bras alors qu'il ne savait comment te tenir de peur de te briser. Il ne parlait pas. D'ailleurs, quelles paroles aurait-il fallu dire?

— C'est bien d'être ici, Hervé! Viens, Mariette, ma belle Mariette! T'es fine d'être venue. Ton dernier cadeau, le gâteau aux fruits, j'ai dû dormir avec à l'hôpital de Londres, sinon on me l'aurait volé!

Plus d'une fois dans les années à venir, le souvenir de cette scène l'avait empêchée de désespérer de toi. « Il a un bon fond », disait-elle à Hervé, pour se convaincre elle-même.

L'infirmière, mademoiselle Irène Bruchési, légèrement en retrait, souriait d'un sourire qui creusait une fossette à son menton. Hervé voyait la poitrine amaigrie du convalescent, les bras dont les nerfs saillaient. Le gauche gardait encore la rougeur d'une cicatrice profonde. La jambe droite disparaissait sous un pansement. La jeune femme, aux yeux très noirs, l'avait fixé quand il avait demandé :

— Comment il va? Lui ne me dira rien.
— Monsieur Bilodeau, avait-elle répondu d'une voix

légèrement voilée, a eu de la chance. Son excellente condition physique l'a aidé. La pénicilline lui a évité l'amputation. Il s'est bien sorti d'une blessure ouverte et d'une double fracture du tibia. Elle s'est peu à peu fermée et les fractures achèvent de se souder. Il commencera bientôt des exercices de physiothérapie. Il faut du temps. Il n'est pas facile, votre ami! Si je l'écoutais, il m'amènerait danser la valse, dans quinze jours, à l'hôtel Queen Elizabeth. Le pire, c'est qu'il est sérieux!

Tu t'amusais de l'accent particulier de Mariette et de sa naïveté quand elle s'extasiait en vous racontant son voyage en train, son sommeil dans la « roomette » et le noir qui les servait. Ton rire à l'écouter et son enthousiasme à décrire ses visites à l'Oratoire Saint-Joseph et à la basilique Notre-Dame, son « magasinage » sur la rue Sainte-Catherine, chez Eaton's, elle qui n'avait connu que le catalogue de ce magasin prestigieux pour ses achats, avaient peu à peu fait disparaître la gêne qu'elle gardait envers toi : « J'ai même pris le tramway pour me rendre à mon hôtel », disait-elle d'un air pincé. Irène la trouvait irrésistible de spontanéité et de drôlerie.

De leurs rares rencontres toutes deux, notre enfance se souvient de moments pleins de rires. « Tu te souviens des couteaux et des fourchettes? » soufflait Mariette, « et du champagne qui t'avait monté à la tête » reprenait Irène. Du souper mythique, dans un grand restaurant de Montréal, ne nous parvenaient que des bribes, jusqu'au jour où Catherine avait explosé : « Si tu nous le racontais, votre souper, on pourrait rire nous aussi! »

Tu fronces les sourcils, incertain de ces souvenirs.

— Maman avait rappelé ces heures parmi les plus délicieuses que tu aies vécues avec elle et tes amis, Hervé et Mariette.

Irène portait une attention excessive au convalescent

que tu étais, sanglé dans ton habit militaire. « Tu étais beau », ajoutait-elle. Le champagne avait dégêné Mariette qui n'aurait su que faire de tous les couteaux, fourchettes et cuillers posés en face d'elle, sans Irène qui, perspicace, la précédait. Son sourire les avait rendues complices.

Le repas s'était prolongé. Les deux femmes s'étaient éclipsées pour se refaire une beauté. Infirmière depuis bientôt cinq ans, Irène, tout en travaillant à l'hôpital, s'était occupée de sa mère qui avait succombé à une insuffisance rénale. Elle avait laissé la maison paternelle de Saint-Eustache pour un petit appartement, sur Côte-des-Neiges.

— Je suis déjà une vieille fille de vingt-six ans!
— Mais non! s'était surprise Mariette. On vous donnerait à peine vingt, vingt-deux ans!
— On se tutoie, tu veux, Mariette? Ton mari connaît depuis toujours Charles, monsieur Bilodeau, s'était-elle reprise en rougissant... Ne va pas croire que!
— Mais je ne crois rien, si ce n'est que tu lui es tombée dans l'œil! Et que toi, ben, t'es sous le charme et même un peu plus! Toutes les heures supplémentaires que tu passes auprès de lui, elles te sont comptées?
— Mais non! répond Irène, en rougissant de plus belle. J'aime mieux être avec lui que seule dans mon petit appartement.

Après un instant d'hésitation, elle demande à sa nouvelle amie :

— Ça paraît tant que ça?
— Que tu l'aimes? En le soignant, tu le caresses par ci, par là. Tu te penches sur lui de si près que tu l'empêches de respirer!
— Ben voyons!

— J'exagère à peine! Lui aussi, il t'aime, c'est sûr! la façon de te regarder, de te sourire... Il ne peut plus se passer de toi. Mais Charles, c'est pas un parleux. Il t'a jamais rien dit?

— Qu'il était bien avec moi.

— Tiens! La déclaration d'amour plutôt sèche va bientôt arriver.

— Viens, ils vont s'inquiéter.

— T'es folle! Ils se sont à peine aperçus de notre absence, lui avait répondu Mariette qui connaissait les conversations interminables des deux amis.

Leur arrivée les avait rendus silencieux. Mariette avait repris une coupe de champagne sous le regard désapprobateur d'Hervé qui se méfiait de ses joues rouges et de ses yeux pétillants. Le repas menaçait de traîner en longueur. Fatigué, tu avais suggéré le retour à l'hôpital, non sans demander à Hervé et Mariette une dernière rencontre, le lendemain après-midi, avant leur départ en train. Clignant de l'œil à ton ami Hervé, tu avais déclaré, mystérieux :

— On aura peut-être une bonne nouvelle à vous annoncer!

Dans le taxi qui les ramenait à leur hôtel, Mariette avait goûté pour la première fois de sa vie aux effets pervers du champagne. La nuit s'annonçait longue et cahoteuse!

*

Irène s'était élancée vers Mariette en la voyant apparaître dans la salle réservée aux visiteurs, le lendemain après-midi, à l'Hôpital militaire.

— Qu'est-ce qui t'arrive pour être si pâle?

— J'ai failli mourir, cette nuit. Pire que l'accouchement de tous mes enfants. Plus jamais de champagne de ma vie!

La sortie de Mariette avait allégé l'atmosphère. Tu avais paru de nouveau en robe de chambre et Irène dans son uniforme d'infirmière. Maman, qui nous racontait ses souvenirs, n'avait pas oublié ces détails au moment où tu t'apprêtais à ajouter, mal à l'aise :

— Votre venue nous a obligés à nous dire ce qu'on se cachait, c'est que ben... on s'aime. J'ai pas l'habitude des grandes déclarations d'amour.

Mariette frappait des mains et vous embrassait à tour de rôle. Tu avais passé la bague de fiançailles au doigt d'Irène.

— C'est ainsi que c'est arrivé, papa?

— Oui, à peu près, à part les effets du champagne chez Mariette!

*

Trois mois plus tard, tu avais mis Irène sur le train avec la demande expresse de trouver un terrain pour y construire votre maison. « C'est comme ça qu'il a demandé ma main », disait-elle à Hervé qui l'avait surprise, assise sagement dans la salle d'attente du notaire. L'accompagner t'aurait trop fatigué. Tu boitais encore et tu devais t'astreindre à des séances de physiothérapie.

Parmi les emplacements proposés par le notaire, Irène avait préféré un terrain avec vue sur la rivière aux Sables, dans laquelle j'avais plus d'une fois failli me noyer. Tu avais approuvé les plans qu'avait tracés un architecte, ami de la famille Bruchési, après avoir corrigé quelques détails.

Durant les deux mois suivants, avant votre mariage, tu avais à plusieurs reprises fait le voyage en train pour t'occuper toi-même de la construction de votre maison, pendant qu'Irène poursuivait son travail à l'hôpital et courait les magasins avec l'une ou l'autre de ses sœurs à la recherche de meubles, de tentures, de bibelots, de lingerie. Vous étiez heureux, disait-elle, quand, au soir de sa vie, elle se penchait sur les premiers mois de votre amour.

— Vous viviez ensemble?
— Mais non, André! Même en 1945, la plupart des jeunes filles « se gardaient pour leur futur mari », comme on disait à l'époque. Irène avait su s'imposer en se refusant. J'avais accepté pour respecter les exigences de sa conscience. Se donner à moi aurait été un signe de domination pour elle. Je l'aurais perdue. Irène n'aurait jamais accepté d'être maintenue dans un état de dépendance.
— Raconte-moi votre mariage, papa.

Tu grimaces et traînes de la voix.

— Les Bruchési étaient une vieille famille de Sainte-Thérèse, très différente de la mienne, tu t'imagines bien. Tu dirais, toi, un grand mariage qui m'a suprêmement ennuyé. Mais je me suis bien tenu dans mon uniforme de sergent du régiment de Maisonneuve. Le major Marcoux avait tenu à y assister et à prononcer quelques mots. J'ai retrouvé Ernest Blondeau qui a raconté à Irène et à sa famille mon « exploit » de l'avoir sauvé, comme il disait. Plusieurs du peloton B avaient tenu à y participer. Hervé n'avait pu venir en raison des semailles.

J'avais invité une de mes sœurs et mon frère aîné, « le plus présentable », à me servir de témoin.

Tu regardes ta montre. L'heure du départ vers Lorraine t'évite de t'appesantir sur un sujet qui t'assomme.

Chapitre 21

Nous roulons en silence. Je constate une fois encore la laideur de cette route qui conduit à Chicoutimi, avec ses maisons défraîchies, ses affiches criardes et ses bouts de terrains pelés. À quoi penses-tu, pelotonné sur ton siège, les mains sur les genoux? Comment poursuivre ensemble le récit de votre amour perdu et te demander : « Papa, comment tout s'est-il effiloché entre toi et Irène? Si vite, dans la maison de vos rêves en face de la rivière aux Sables? Pourquoi? »

L'auto descend le boulevard Talbot, traverse plus loin le pont Dubuc qui enjambe le Saguenay. La rivière poudroie dans le scintillement de la marée haute. Tu me demandes de tourner à droite dans le parc faunique. Nous descendons de voiture. Tu me conduis près de la berge. Ta main pointe vers l'immense couloir du fjord dont les eaux vert-de-gris moutonnent sous le vent léger.

— Il m'est arrivé à plusieurs reprises de conduire ta mère ici pour regarder le Saguenay. Nous nous assoyions sur ce banc et elle peignait avec ses mots : « Le miroitement bleu cendré de l'eau », comme elle disait. Elle aimait trouver des nuages blancs dans le ciel qui s'harmoniseraient aux maisons et aux fermes de la rive en face de nous.

Elle était attirée vers le marais, ici à notre droite, où une colonie d'outardes s'agitaient dans les herbes avant de prendre bientôt leur envol vers le sud.

Ainsi, durant tout le trajet, avais-tu pensé à Irène et à son amour du fjord du Saguenay!

Je reconnais plus loin la forêt de peupliers qui cache la maison. Je tourne dans l'allée de gravier.

Qui est cette femme, me demandé-je, ému soudain par le pas souple, les cheveux blonds bouffants et la taille encore mince? J'ai cru un moment retrouver ma mère dans la beauté épanouie de la mi-quarantaine. La vision fugitive se dissipe quand mon regard contemple le visage rond et les yeux couleur noisette de Lorraine, ma sœur. Je la serre dans mes bras, heureux de la retrouver. Elle t'embrasse sur les deux joues, s'éloigne un peu de toi et s'écrie :

— Ce que tu es beau, papa!

Tu souris, embarrassé, et lèves la main.

— Il ne faut pas exagérer, ma grande!

« Ma grande » ranime en moi le souvenir de l'aînée sérieuse et responsable que tu aimais sans réserve, la seule qui trouvait grâce à tes yeux et apaisait tes colères.

J'admire Lorraine qui a pris ton bras et se promène avec toi, rasséréné, heureux, me semble-t-il, parmi les plates-bandes, les corbeilles suspendues, le petit potager où le vert des légumes se perd dans la symphonie éclatante des couleurs.

— Tu es comme Irène, dis-tu, qui aimait tant les fleurs. Tu en as posé partout.

Nous nous assoyons sur un bloc de granit noir en forme de banc. Lorraine nous apporte une bière que nous buvons lentement, savourant sa fraîcheur. En face de nous, le Saguenay roule ses eaux qui frissonnent en larges plaques verdâtres sous la brise légère. Le temps a fraîchi malgré le soleil.

Elle revient vers nous les bras encombrés d'une veste trop grande, qu'elle pose sur tes épaules, et d'un veston qu'elle m'offre.

— Tu es seule?
— Oui, me répond-elle. Hugues vit à Montréal. Il poursuit ses études de programmeur et travaille à temps partiel. Christine terminera bientôt son stage d'infirmière à l'hôpital du Saint-Sacrement, à Québec. Quant à Sébastien, il a commencé au cégep des études en graphisme et habite un petit appartement avec sa copine. À dix-huit ans, tu sais!

Elle me regarde de ses yeux qui m'ont toujours fasciné par leur étrange beauté. Sa présence m'apaise comme si elle partageait le calme de la nature autour d'elle : les grands arbres, les fleurs, le Saguenay, le soleil qui les inonde.

— Maman, durant les dernières années avant sa maladie, venait souvent à la maison. Elle s'occupait des fleurs ou du potager, préparait le repas pour les enfants quand je travaillais en soirée à l'hôpital. Elle aimait s'asseoir sur la terrasse pour lire ou regarder le Saguenay.

Par bribes, elle lui racontait les premiers temps de son arrivée dans la petite ville, sa solitude, elle qui avait vécu dans un clan de frères et de sœurs, de tantes et d'oncles, de cousins et de cousines de la grande famille Bruchési. Non sans humour, elle lui rappelait « ses mois de veuvage » pour souligner l'absence continuelle de son mari travaillant comme un forcené à des projets de construction, ou parti à la pêche. « Je vais jouer un p'tit bridge. Tu sais où me trouver. » Elle n'avait jamais cherché à le trouver, disait Lorraine, répétant les mots de notre mère, avec l'intonation qui me fait sourire et ombrage ton regard.

Tu écoutes Lorraine, papa, les yeux tournés au-delà du Saguenay vers la montagne bleutée qui envahit le ciel. Elle raconte d'une voix égale, sans émotion apparente, la lente, inéluctable désintégration de votre amour comme s'il s'agissait d'une histoire qui ne nous concernait pas, d'un homme et d'une femme qui se sont aimés quelques jours et ont cheminé ensemble sans se reconnaître.

Elle continue, implacable, comme si déjà elle répétait pour moi seul l'histoire de votre vie. Te l'avait-elle narrée? Le malaise qui m'envahit, peut-être ne l'éprouve-t-elle pas? Et toi, papa, qui demeures impassible?

M'aime-t-il, s'était demandé Irène, décontenancée, un soir de cafard, alors que la tempête grondait et que, seule dans le boudoir, elle écoutait éclater les clous de la toiture. Cette interrogation l'avait torturée. Sa tendresse sans cesse renouvelée ne parvenait pas à rompre le silence ni à briser l'indifférence qu'il lui manifestait, croyait-elle. Son retour à la maison l'angoissait, la rendait gauche, et les questions qu'elle lui posait, insignifiantes à ses propres yeux. Elle, si calme et pleine d'assurance, se sentait nerveuse et malhabile, sotte et laide. Elle avait compris au fil des jours l'ennui de son homme auprès d'elle et son besoin de compenser par le travail, les voyages en forêt, ou le jeu, le désintérêt qu'il avait pour les choses de l'amour qui constituaient au contraire le cœur de sa vie à elle. Cette découverte l'avait bouleversée, un moment désespérée.

— La maternité l'a sauvée, continue Lorraine. Elle a reporté sur ses enfants l'amour qu'il avait refusé, croyait-elle, et avait reçu des enfants celui que son mari ne pouvait lui offrir.

— Oui, oui! poursuit-elle. Aimer son homme et en être aimée est d'un autre ordre. Je sais la différence pour l'avoir vécue.

Je n'avais connu de Georges, son mari, que son esprit enjoué et son amour du sport que j'avais partagé un moment avec lui. Dieu sait si elle l'avait aimé, à le suivre comme une folle avec son équipe de balle à travers les quatre coins du Saguenay et du Lac-Saint-Jean. Elle revenait fourbue pour reprendre à l'hôpital les heures refilées aux compagnes, anxieuse de se retrouver seule à la maison, alors qu'il cavalait avec ses amis et qu'on le ramenait de plus en plus souvent ivre mort. Il retournait au travail à l'Alcan ou se portait malade. Elle désespérait de le guérir et de le retenir auprès d'elle à force d'amour.

Elle avait compris, un jour, amèrement, que Georges s'ennuyait auprès d'elle. Le sport et la camaraderie lui suffisaient. Fallait s'amuser et célébrer avec les amis les victoires, arroser aussi les défaites. Quel copain le lui aurait reproché? Il a roulé ainsi jusqu'à un besoin permanent de boire. Elle évite de trop appuyer sur les humiliations, le besoin de le cacher, les bouteilles dissimulées partout, leurs querelles de plus en plus vives.

Enceinte, elle avait recommencé à vivre pour elle-même et avait reconquis une certaine paix intérieure. Son mal d'amour s'était dissipé avec l'arrivée de Hugues, de Christine et de Sébastien.

Comme maman auprès de papa, Lorraine n'avait plus jamais retrouvé l'amour de ses premiers mois de mariage. Envers Georges, elle avait gardé une certaine tendresse et de la pitié. Sa mort dans un accident d'auto sur la route de Larouche l'avait plongée dans une culpabilité sans nom.

— Si j'avais su l'aimer assez pour...

Maman l'avait arrêtée avec cet humour cinglant qu'elle maniait quelquefois.

— Ma fille, cesse de dire des bêtises. Ton mari a vécu sa vie sans grand besoin de toi. Sa mort aussi. N'insiste pas!

Ces paroles cruelles traduisaient la vérité de sa propre vie. Elle avait un jour accepté le constat brutal avec une lucidité dont elle se départait rarement. Charles et elle ne s'aimaient plus. « Que faire? » avait-elle demandé à Lorraine, alors qu'elles surveillaient les enfants un après-midi d'été. « Divorcer? » Elle n'avait jamais envisagé cette solution qui lui aurait enlevé ses enfants et l'aurait bannie de la petite ville engluée dans une religion d'interdits comme partout ailleurs au Québec. Il lui fallait vivre pour elle et ses enfants, subir les absences, l'indifférence et parfois les colères de son mari auxquelles elle opposait une assurance tranquille qui les rendait vaines.

Le récit impitoyable de Lorraine me sidère. J'ai voulu un moment l'interrompre, mais le regard que tu as posé sur moi m'a arrêté. Tu ne manifestes aucun besoin de corriger les propos de ton aînée, comme si tu en acceptais le jugement définitif. Lorraine se tourne vers moi, attentive à ma stupeur.

— Entre papa et moi, le passé ne constitue plus une entrave pour nous aimer parce que nous l'avons résolu dans la vérité. Toi, au contraire, tu l'as laissé pourrir jusqu'à ces derniers jours qui t'auront permis de lever le voile sur ce que fut papa autrefois. Il souhaitait que tu connaisses sa vie pour éviter que tu le juges.

Nous l'accompagnons jusqu'à l'escalier de la véranda.

— Tout est prêt. Je vais bientôt mettre au four le plat principal. Une petite demi-heure et je vous appelle.

Nous marchons dans l'allée de gravier où s'entassent

les feuilles jaunies des peupliers. Je ne comprends pas ton calme. C'est comme si les paroles de Lorraine t'avaient pacifié. Aucune amertume chez toi, alors que j'avais craint qu'elle ne t'humilie. J'essaie de suivre ton pas trop court pendant que nous revenons vers la véranda où tu t'assois face au Saguenay qui rosit sous le soleil déclinant. Tu te tournes vers moi.

— Ta profession, André, ne t'a pas habitué à plonger dans la complexité de la vie comme Lorraine, qui se bat chaque jour contre la souffrance et la mort. Des expériences qui ont aiguisé chez elle un sixième sens pour comprendre le vieil homme que je suis et lui pardonner. L'échec de mon mariage avec Évelyn, sa mort et celle de nos deux enfants m'avaient éloigné à tout jamais, du moins le croyais-je, d'aimer une autre femme et de fonder une famille. La guerre, j'y suis entré afin d'effacer le passé. Je sais maintenant qu'on n'efface pas le passé. J'ai aimé cet épisode de ma vie qui consacrait mon besoin d'action, le sentiment exaltant de défier le danger et de continuer à vivre après une mission. Mais ces heures à côtoyer la mort n'ont fait qu'engourdir mon mal de vivre et l'impossibilité de me dire par peur de livrer mon indignité, ma petitesse face à une femme, comme votre mère, qui est entrée dans ma vie comme une reine.

— Mais, papa, je ne comprends pas. Tu es revenu de la guerre comme un héros. Et ta réussite en affaires...

Tu sembles abattu un moment, surpris par mon incompréhension.

— Mais oui, André, un héros peut vivre son indignité et en être brisé, comme la réussite en affaires peut étouffer un homme sous un manque de confiance qui le paralyse.

Irène le savait, mais n'y pouvait rien. Elle a essayé de m'en parler les premiers temps, de m'en guérir en m'aidant davantage, mais, peine perdue, je fuyais dans le travail, le jeu ou les voyages. Près d'elle, comme plus tard auprès de vous, les enfants, j'étais paralysé, impuissant à vous dire que je vous aimais, effrayé par l'affection que vous me prodiguiez. Je m'en croyais indigne après l'indifférence que j'affectais, les colères qui m'emportaient ou mes absences continuelles qui devenaient autant de motifs de me punir.

— Comprenais-tu la souffrance de maman?
— Comment ne l'aurais-je pas vue et sentie? Combien de nuits n'ai-je pas tenté de la consoler en la tenant, en silence, dans mes bras? Je souffrais autant qu'elle.

Tu marques un moment de silence, alors que ta voix devient plus légère.

— Qui sait si l'un ou l'autre parmi vous n'est pas né de nos retrouvailles?
— Tu l'as vue peu à peu s'éloigner de toi?
— Bien sûr! C'est absurde, diras-tu, mais ma façon d'y résister consistait à me tuer au travail ou dans le jeu, poussé par un besoin de destruction, comme pour me punir de ne pas la combler et de ne pas la rendre tout simplement heureuse. De l'aimer moi-même davantage en la faisant souffrir, ai-je compris depuis qu'elle est partie. Je ne me trompe pas en croyant qu'à défaut d'amour, durant les dernières années de sa vie, une certaine tendresse l'a comblée, reprends-tu, en regardant s'embraser l'horizon et le Saguenay assoupi.

Lorraine va et vient dans la maison. J'écoute son pas léger, le tintement furtif des verres et des assiettes sur la table. Dans le silence revenu, les premières notes, en sourdine, du *Concerto pour violon* de Beethoven joué par Menuhin me ramènent soudain vers ce fameux samedi du printemps 1964.

— Lorraine, tu le fais exprès?

Elle apparaît dans la porte-fenêtre et sourit, en venant s'asseoir. Pour nous, défilent, dans la fin de cet après-midi d'octobre, les images de maman souffrante qu'elle conduira bientôt à l'hôpital de Chicoutimi. Tu cherches dans le passé disparu. Soudain ton regard s'allume, surpris de retrouver intact le souvenir qui irradie pendant que je raconte.

— Toi, m'enjoint-elle, va au chalet des Angers. Ramène papa, qu'on ne peut rejoindre par téléphone.

Comment ai-je pu traverser le lac Kénogami, par une nuit d'encre, avec Raymond, mon ami d'enfance, en avant de la verchère, qui m'indiquait le chemin à l'aide d'une grosse lampe de poche dont le halo effleurait à peine le moutonnement des vagues? Je n'aurais jamais retrouvé sans lui la pointe où clignotaient les lumières du chalet égaré. Le père Angers avait tiré l'embarcation sur le sable. Dans la pénombre de la galerie, tu t'étais détaché, papa, en venant vers moi.

— Maman est à l'hôpital de Chicoutimi.
— Qu'est-ce que tu dis? avais-tu demandé de ta voix où perçait l'étonnement mêlé d'anxiété.

Le ronronnement insolite d'un moteur en pleine nuit avait réveillé le gardien. Il s'était approché de la petite rivière qui séparait les deux camps.

— Hé! Ti-Rouge, amène-toi! avais-tu ordonné.

Le bateau, muni de phares puissants, avait traversé le lac, notre petite chaloupe, attachée derrière, roulant à travers les vagues. Aux questions pressantes que tu me posais, je répétais les phrases de ma grande sœur : mal au côté droit, forte fièvre, vomissements. Loin de te rassurer, elles t'inquiétaient davantage.

Dans le chemin cabossé de Pybrac, aux courbes dangereuses, je t'avais supplié de ralentir. Tu avais franchi le rang Saint-Damien et la route 172, à une vitesse folle, n'écoutant que ta peur d'arriver trop tard.

— Je t'avais à peine reconnu, courant vers le corridor du bloc opératoire, échevelé, les vêtements défraîchis, nous rappelle Lorraine.

— Où elle est? dis-tu, surpris toi-même en reprenant les paroles d'autrefois.

— Opérée d'une appendicite aiguë. Elle repose maintenant aux soins intensifs. Tout va bien. Ne t'inquiète pas.

— Je peux la voir? avais-tu demandé.

— Je viendrai avec toi, demain, s'était imposée la jeune infirmière.

Nous rions ensemble du souvenir retrouvé qui nous relie à la disparue, tandis que divague ma pensée.

Nous avions cru deviner, dans l'agitation et l'angoisse que tu manifestais, la culpabilité de l'avoir délaissée. Et si nous n'avions pas su découvrir ta vulnérabilité et ta tendresse bourrue envers maman? Se pourrait-il que nous n'ayons pas lu autrefois, dans ton indifférence affectée, dans tes silences, l'attachement profond que tu ne parvenais pas à lui formuler, à nous formuler? À travers le temps, je découvrais la justesse de notre intuition qui se nourrissait de notre amour pour toi.

Chapitre 22

Dans ton assiette, Lorraine a déposé les pilules que le médecin t'a prescrites.

— Tu les as oubliées? Moi, pas! dit-elle, en te montrant les deux bouteilles de sa réserve, heureuse de ta surprise.

Les dernières clartés du soleil envahissent la salle à manger pendant que nous savourons le potage vert, onctueux. Les darnes de saumon que Lorraine a fait cuire au vin blanc et quelques épices, selon une recette de maman, me rappellent par leur couleur les truites que nous pêchions autrefois, Vincent et moi, dans ce lac où nous aurions aimé te conduire.

Nous retournons nous asseoir sur la terrasse, un café à la main. Le visage placide de Lorraine s'anime au rappel du désarroi de maman après le départ de chacun de nous, qui rendait sa vie inoccupée.

Après deux années d'ennui, elle s'était inscrite à des cours d'appoint et avait repris une tâche d'infirmière à mi-temps. Durant dix ans, son besoin de servir l'avait rendue heureuse. On l'appelait « la bonne madame Bilodeau », pour sa générosité et sa gentillesse, dis-tu dans un soupir.

Ils vivaient selon un rituel que le temps avait façonné, rappelle Lorraine. Ils marchaient vers la vieillesse, esquivant les querelles, les sujets où ils divergeaient d'opinion. La musique qu'ils aimaient leur évitait de parler, comme aussi quelquefois certaines émissions de télévision qu'ils regardaient ensemble. Mais il préférait la lecture, celle des biographies, des mémoires des grands hommes, les livres d'histoire.

Tu approuves de la tête, attentif aux confidences d'Irène sur leur vie paisible qui égrenait les jours vécus l'un près de l'autre.

Sa vie s'était dépouillée depuis sa retraite des affaires à soixante-dix ans. La mort de deux compagnons, ainsi que la fatigue des longues soirées l'avaient éloigné des cartes. Les seuls visiteurs qu'il recevait, des débiteurs, le rendaient maussade. La présence fréquente d'Hervé, son ami de toujours, embaumait ses journées, mais il évitait de le laisser paraître. Ils se rejoignaient partout selon la fantaisie d'Hervé, à son chalet, à bûcher dans le bois, derrière la grande maison du rang Saint-Benoît, sur une terrasse, à savourer un bon café et regarder les badauds déambuler. « Ça a pas d'allure, perdre son temps comme ça », bougonnait Charles, qui trouvait le café mauvais et les jeunes filles banales, mais qui reviendrait à l'appel de son ami.

Tu souris et désapprouves de la main ce souvenir qui écorne la vérité, te semble-t-il.

Le repas du soir, qu'Irène préparait avec soin, les retrouvait ensemble. Le silence entre eux ne les dérangeait pas, comme si le temps avait émoussé l'urgence de se dire, d'exprimer par l'intonation de leurs voix les sentiments qui les habitaient. Un hochement de tête, le frémissement d'une main sur la table, l'éclat soudain des yeux leur suffisaient.

Il reprenait le même circuit, chaque soir, vers la rivière aux Sables dont il suivait les bords jusqu'aux chutes, en haut du bocage de notre enfance. Il avait dû abréger depuis deux ans, maugréant contre la souffrance plus vive de sa jambe droite. Durant les saisons froides, revigoré par sa course, il s'amusait à des casse-tête aux milliers de morceaux qu'il prenait des semaines à terminer. Sa patience déroutait Irène qui l'aidait quelquefois.

Chapitre 23

— La mort de maman nous a frappés au cœur. Et toi, papa, elle t'a mis K.O.

Tu es adossé à la chaise de parterre, les mains sur les genoux. Tu ne dis rien, incapable de toute parole.

Infirmières toutes deux, elles n'avaient pas vu venir l'irréparable qui allait emporter la mère. Pour son retour d'un voyage en Provence, nous étions venus la recevoir à l'aéroport, Lorraine, Vincent et moi-même. Catherine n'avait pu quitter Sherbrooke.

La voyageuse paraissait sereine, mais fatiguée. Leur cachait-elle un mal qui la minait? Vincent lui avait souligné qu'elle avait beaucoup maigri. « C'est le voyage », lui avait-elle répondu. Il avait hoché la tête, insatisfait de la réponse. Assise près de son aînée dans la voiture qui les ramenait vers Chicoutimi, Irène avait dormi longtemps. « Décalage horaire », avait songé Lorraine.

— Mais tu as encore maigri, maman! s'était exclamée son aînée, deux semaines plus tard, en la voyant se pencher pour nettoyer des mauvaises herbes d'une plate-bande, puis se relevant, les mains posées sur les hanches.

— C'est curieux! j'ai toujours un point dans le dos qui me tient éveillée la nuit. Tiens! je marche avec toi, il est encore là.

Elle avait à peine touché au poulet au miel que lui

avait préparé sa fille. Un mal au creux de l'abdomen l'empêchait de manger depuis les premiers jours du voyage.

— Peut-être un virus, avait-elle avancé, en bâillant.

Elle qui aimait bavarder, étirer l'heure avant son retour à la maison, avait quitté très tôt pour retrouver son lit et dormir douze heures d'affilée, espérait-elle.

— J'avais reçu un appel de toi, papa, continue Lorraine.
— J'étais inquiet. Depuis une semaine, votre mère se plaignait et passait ses journées au lit. Elle si vive! Je t'ai demandé de venir, mais d'éviter de lui dire que je t'avais appelée.
— Mon cœur s'était mis à battre à tout rompre. Toi qui téléphonais si peu! J'avais roulé très vite, envahie par une inquiétude qui confirmait un malaise persistant depuis son retour d'Europe.

Perdue dans le grand lit, sa mère souriait malgré la souffrance qu'elle s'efforçait de cacher. Sa maigreur et sa faiblesse s'étaient accentuées. Son teint jaune, ajouté aux autres troubles, renforçait les pires craintes de son aînée.

— Maman est très malade, papa. Il aurait fallu déjà l'entrer à l'hôpital, avait-elle murmuré à la sortie de la chambre.

Jamais elle ne l'avait vu si désemparé. Depuis sa retraite, il s'était efforcé de se rapprocher d'Irène, par des attentions qui lui étaient inconnues auparavant. Ses efforts, marqués par une gaucherie naïve, attendrissaient leur mère, bien que sa vie auprès d'un éternel absent l'eût immunisée contre toute illusion. Elle ne croyait pas à un amour subit, mais à une tendresse apitoyée qui adoucirait les années qu'il leur restait à vivre. Son indulgence lucide avait compris le besoin viscéral qu'éprouvait son mari de sa présence pour combler une solitude que l'inactivité et la vieillesse rendaient encore plus déchirante.

— Tu m'avais demandé de prendre le premier avion pour Bagotville. Tu savais déjà?
— Oui. Je n'avais pu rejoindre Vincent en congrès à Chicago. Ta présence auprès de papa et de maman me semblait essentielle. Mais je ne savais pas la situation désespérée.

Cancer du pancréas, avait diagnostiqué l'urgentologue. Lorraine, anxieuse, était restée auprès d'elle. Les analyses avaient confirmé le verdict inéluctable du spécialiste en oncologie. « Votre mère ne peut être opérée. »

*

Les eaux du Saguenay reflètent les couleurs orange et vieil or du ciel que j'entrevois à travers le voile de mes larmes. J'ai hâté le pas dans le corridor de l'hôpital et poussé la porte. J'aperçois soudain, comme en un cauchemar, le visage boursouflé de ma mère, jauni, dont la peau se fendille. Elle ouvre les yeux, toute menue dans le lit étroit. Sa main cherche la mienne.

— Tu vas bien, mon grand, mieux que moi? chuchote une voix fêlée, à peine audible.

Le choc me laisse sans parole. Je ne reconnais du visage bouffi, souffrant, aux lèvres gercées que les yeux admirables de tendresse. Je regarde la main enflée, dont l'anneau pénètre la chair. Je voudrais la réconforter, lui dire : « Tu vas bientôt nous revenir », mais les yeux fixés sur moi vacillent, foudroyés par la certitude que tout s'achève. La main serre la mienne dans un réflexe de panique incontrôlable, puis se détend. Je voudrais poursuivre avec elle la prière que, dans le silence, ses lèvres murmurent, j'en ai la certitude. Elle ouvre à nouveau les yeux. Ils ont retrouvé une quiétude qui cherche à me consoler, moi, son petit André.

L'infirmière s'approche, examine les solutés, la sonde, pose le masque d'oxygène et lui donne une injection de morphine.

Anéanti, je reste près du lit où elle gît, enfermée dans une souffrance que la drogue endort. Près de la fenêtre, immobile, effacé par la pénombre, je viens de te reconnaître, papa. Je m'approche, te prends dans mes bras, après un moment d'hésitation. Ton corps résiste, s'abandonne enfin, secoué par un immense sanglot qui ne peut franchir la barrière des yeux.

— Moi qui t'ai souvent reproché ton indifférence, ton insensibilité, je sais maintenant, en revivant cette scène avec toi, papa, que tu souffrais, désespéré de ne pouvoir exprimer ta douleur, de ne pouvoir dire : « Je t'aime, Irène. Pardonne-moi. » De n'avoir pu participer à notre désolation. Tu demeurais très loin, enfoncé dans une solitude que la perte de ta compagne fidèle rendait implacable.

Tu poses la main sur mon bras, une main chaude de tendresse retenue. La brunante enveloppe lentement la nature pacifiée et confond l'eau sans rides du Saguenay et la rive au loin qui monte vers la montagne.

Épilogue

Nous sommes partis avec le lever des premières étoiles. Je te conduis à la voiture sur un signe discret de Lorraine qui constate ta fatigue.

Le pont traversé, tu me demandes de tourner à droite afin de longer le Saguenay. La croix posée sur le cap de Sainte-Anne illumine une partie de la nuit. Je suis ton regard qui contemple la brisure des lumières et leur fragmentation que charrient un moment les eaux de la rivière. Je conduis lentement pour prolonger le plaisir que le spectacle de l'eau t'a toujours procuré.

Voici les hauts fourneaux de l'Alcan qui crachent leur fumée striée de rouge. Tu ne parles pas, toi qui te serais emporté hier encore contre l'usine qui noircit les poumons de ses travailleurs.

J'ouvre la porte de l'entrée, sans bruit. Tu vas vers ta chambre te changer, pendant que je dispose du petit bois et une bûche dans le foyer qui s'enflamme.

Tu te recroquevilles dans ton fauteuil en face du feu. L'abat-jour éclaire ta main, accentue le bas décharné de ton visage. La flamme crépite, illumine un instant le vase de cristal sur la table du salon.

J'ai choisi le *Troisième concerto brandebourgeois* qui tourne en sourdine. Le feu se tord un moment, s'assoupit, reprend sa danse, tandis que jaillit l'*allegro* joué par les violons.

À travers des phrases brèves, énigmatiques, que tu laisses tomber parmi des silences soutenus, je perçois ta souffrance d'écorché vif qui se nourrit de souvenirs et s'en repaît, me semble-t-il.

— Le passé, c'est tout ce qui reste à un homme de mon âge. Tu le connais un peu. Rien à rigoler! murmures-tu.

Ta main balaie d'un geste le salon, le boudoir, la maison où s'agitent dans l'ombre les souvenirs qui t'accablent, comme si ta vie avec Évelyn et les mois de guerre n'existaient pas. À aucun moment de ton étrange monologue n'as-tu évoqué ces époques révolues. Du moins n'ai-je pas eu l'impression qu'elles aient occupé ton esprit, hanté par la présence souveraine d'Irène, de sa voix, de son parfum, de ses silences qui t'accablaient de leur indifférence ou te réjouissaient quand tu y retrouvais quelquefois une complicité heureuse.

J'ai voulu nourrir le feu d'un morceau de bouleau. Ta main sur mon bras m'a arrêté. Les braises rougeoyantes se sont peu à peu affaissées. Dans la nuit du salon, la lampe projette son halo lumineux sur le vieil homme, mon père, dont la main agrippée au bras du fauteuil s'agite à peine. Tu la caches par moments dans ton autre main. Tes yeux fixent le foyer moribond, se ferment au gré des rares paroles que tu prononces.

Tu tournes vers moi ton visage qui s'illumine soudain d'un bref sourire. Ta main touche la mienne et l'étreint en un geste très doux. Mon cœur défaille et se débat dans la clarté lumineuse de ton sourire qui me révèle ce que je sais déjà. « C'est bien, André, d'être venu. »

*

Tu m'attends dans la cuisine. Je m'assois à la petite table et, de la chaise où se tenait maman, je regarde la rivière aux Sables où flotte une brume légère dans l'aube. Tu me sers un café très fort. « Peut-être l'œuf sera trop cuit, mais pas le pain grillé. » Je ris de la gaucherie de tes gestes. Toi aussi.

Les valises déposées dans le coffre de l'auto, je reviens vers toi. Tu ne résistes pas quand je te serre dans mes bras. Tu me demandes de dire bonjour à tous les tiens, dès mon arrivée à Montréal.

— À tous?
— À tous, bien sûr! réponds-tu.

DISTRIBUTEURS EXCLUSIFS

Distributeur pour le Canada et les États-Unis
LES MESSAGERIES ADP
MONTRÉAL (Canada)
Téléphone: (514) 523-1182 ou 1 800 361-4806
Télécopieur: (514) 521-4434

Distributeur pour la Suisse
TRANSAT S.A.
GENÈVE
Téléphone: 022/342 77 40
Télécopieur: 022/343 46 46

Distributeur pour la France et les autres pays européens
HISTOIRE ET DOCUMENTS
CHENNEVIÈRES-SUR-MARNE (France)
Téléphone: (01) 45 76 77 41
Télécopieur: (01) 45 93 34 70

Dépôts légaux
3ᵉ trimestre 2001
Bibliothèque nationale du Canada
Bibliothèque nationale du Québec